EXIL

Angela Wierig

PAWLOWSCHE IDIOTEN

edition buchhaus loschwitz

Impressum

Friedrich-Wieck-Straße 6, 01326 Dresden
www.kulturhaus-loschwitz.de

Druck: B. KRAUSE GmbH
Druckerei · Kartonagen · Verlag
Satz und Gestaltung: impulsar-werkstatt.de

ISBN 978-3-9822049-1-8

Inhalt

Dagegen lag die Amphibie mit den Beinen im kühlen Nass, während ihr die Sonne auf den Schädel brennt und fragt sich, wohin zum Teufel diese ganze Landgängerei führen soll.

Pawlowsche Idioten

I'm like a fish with legs; I fell from the tree.
Richard Ashcroft

Wann immer einen Menschen die Neigung befällt, sich mit ernsthaften und schwerwiegenden Gedanken zu befassen, scheint es einen im kollektiven Bewusstsein abgespeicherten Fragenkatalog zu geben. Eine zentrale Frage betrifft das »Wo«: Wo kommen wir her? Und wo gehen wir hin? Und was soll das Ganze? Evolutionstechnisch dürfte es eine der ersten Fragen gewesen sein, mit der es sich zu befassen galt: Japsend lag die Amphibie mit den Beinen im kühlen Nass, während ihr die Sonne auf den Schädel brannte, und fragte sich, wohin zum Teufel diese ganze Landgängerei führen soll. Eine kleine Weile später angelte einer der ersten *Homo erectus* versonnen in der weiten Ebene nach Ameisen, als er plötzlich hinter sich das tiefe Grollen eines Raubtieres hörte. Kurz kam ihm der Gedanke, ob es nicht sinnvoller gewesen wäre, auf den Bäumen zu bleiben. Aber nur ganz kurz.

Die Evolution kennt nur eine Richtung – nach vorne. Und immer weiter voran. Sie wird ihre Gründe haben.

Momentan ist der Mensch das Spitzenmodell der Evolution. Angesichts der Entwicklungsdauer ist das Ergebnis eher enttäuschend. Was zwangsläufig zu einem weiteren Evergreen in der theoretischen Betrachtung der Welt, der Menschheit und der Frage nach dem Wo-und-wie-wird-es-enden führt: Was ist die Natur des Menschen? Ist der Mensch gut oder böse? Die Antwort wäre richtungsweisend.

Also: Gut oder Böse? Weder noch, möchte ich meinen. In erster Linie ist der Mensch dumm. Was einerseits Trost ist, denn man kann darauf verzichten, an der Bösartigkeit der Menschen zu verzweifeln, wenn man sich bewusst macht, dass als Erklärung der Bösartigkeit schlichte Dummheit ausreicht. Anderseits möchte man dann wiederum an der flächendeckenden Dummheit verzweifeln, denn angesichts der tatsächlich vorhandenen Hirnkapazitäten und der nahezu unendlichen Möglichkeiten, den Geist zu formen und zu weiten, fragt man sich, was so schrecklich schiefgelaufen ist. Ob es anders sein könnte. Und warum, wenn es anders sein könnte, es nicht anders ist.

Vom Vorteil der Dummheit

Shiny happy people holding hands
R.E.M.

Gottfried Benn konstatierte 1956 »dumm sein und Arbeit haben, das ist das Glück«.[1] Im selben Jahr schrieb er aber auch: »Am Anfang war das Wort und nicht das Geschwätz, und am Ende wird nicht die Propaganda sein, sondern wieder das Wort.«[2] Ich stelle fest: Benn war nicht glücklich, obwohl er Arbeit hatte (jedenfalls die meiste Zeit seines Lebens).

Außerdem hatte er drei unglückliche Ehen, mehrere Liaisons (wie glücklich die waren, kann ich nicht beurteilen), eine Depression und ein NS-Regime zu bewältigen. Das gibt einem viel zu denken. Und Denken schmerzt. Kein Wunder, dass gleichsam neidisch auf jene geschielt wird, die sich diesem Schmerz entziehen können.

Völlig schmerzfrei kann die fremdgenerierte Überzeugung gelebt werden. Jene Überzeugung, die in maßloser Übergriffigkeit »Wahrheit« genannt, von

Kanzeln verkündet, von Presseorganen verbreitet und nötigenfalls mit Gewalt durchgesetzt wird. In Deutschland, wo ich zurzeit gerade lebe, ist die Gewaltanwendung zur Durchsetzung des wahrheitsgetreuen Denkens noch in der Aufbauphase. Global betrachtet ist das Bild ein anderes.

Global betrachtet ist festzustellen, dass die Demokratie ein Auslaufmodell ist. Diktaturen sind weltweit auf dem Vormarsch. Im Jahr 2018 lebten ungefähr 3,3 Milliarden Menschen in Autokratien, 4,2 Milliarden in Demokratien. Wobei auch den Demokratien rückläufige Entwicklungen bescheinigt werden. Die Türkei wird in offizieller Lesart immer noch als ein demokratischer und sozialer Rechtsstaat angesehen. Nur eben – rückläufig. Das ist, als würde ich einen Kranken »rückläufig gesund« nennen.

Um beim Beispiel Türkei zu bleiben: In dieser rückläufigen Demokratie dürfte es durchaus von Vorteil sein, strunzdumm im Bergdorf zu hocken, anstatt kritische Artikel über Rückläufigkeit zu verfassen.

In totalitären Regimen kann Dummheit Leben retten. In China sieht das Strafgesetz für knapp 70 Tatbestände die Todesstrafe vor. Unter anderem für Benzindiebstahl, doch diesbezüglich gehe ich davon aus, dass sie im Einzelfall eher selten verhängt wird. Bei der Befehlsverweigerung, Fahnenflucht oder gar dem Vorwurf des Hochverrats sieht die Sache schon ganz anders aus; in diesen Fällen darf der so Beschuldigte mit ziemlicher Sicherheit mit seinem baldigen Ableben rechnen. In China werden immer noch und immer wieder in jedem Jahr doppelt so viele Menschen hingerichtet wie im gesamten Rest der Welt zusammen.

Der Tod ist ein Meister aus China. Und diese Tötungen sind effizient geplant und zynisch ausgeführt. China hält nichts davon, Menschen nach ihrer Verurteilung zum Tod noch in Gefängnissen zwischenzulagern; es kommt ein Bus.[3] Äußerlich ein Ambulanzfahrzeug, drinnen eine Todeszelle. Es folgt die Giftspritze, die Entnahme der Organe, und wenn die Angehörigen vom Todesurteil erfahren, ist es für einen Abschied längst zu spät. In diesem System dumm zu sein, hat durchaus Vorteile. Außer man ist so dumm, dass der Befehl nur verweigert wurde, weil man ihn nicht verstanden hat. Das ist dann ärgerlich.

Sich mit totalitären Systemen anzulegen, ist nie eine gute Idee. Für den Einzelnen. Doch warum eine Regierung – in diesem Fall die deutsche Regierung – ein solches System noch mit Geldmitteln versorgt, ist mir ein Rätsel. 630 Millionen Euro flossen im letzten Jahr von Deutschland nach China. Erklärbär Gert Müller (auch bekannt als Entwicklungsminister) erklärt diesen Umstand mit der Erwägung – an dieser Stelle bitte ich das Orchester um einen Tusch für Originalität – »wenn es uns ernst ist mit dem Klimaschutz, dann kommen wir an China nicht vorbei«.[4]

Sagt Ihnen der gefräßige Plapperkäfer von Traal etwas? Douglas Adams hat ihn als eine »weit aufgesperrte Masse triefender Giftzähne« und »sehr, sehr gefräßig« beschrieben.* Die einzige Möglichkeit, ihm zu entgehen, besteht darin, sich ein Handtuch vor die Augen zu binden. Denn außer der Gefräßigkeit zeichnet den Plapperkäfer noch aus, dass er ein zum Verrücktwerden dämliches Vieh ist, das annimmt, wenn du es nicht siehst, kann es dich auch nicht sehen.

Können Sie nachvollziehen, warum mich der Erklärbär an den gefräßigen Plapperkäfer von Traal erinnerte? Gert »Lieschen« Müller glaubt offenbar wirklich, China ließe sich durch 630 Millionen Euro beeinflussen, Klimaschutz nach deutschen Wünschen zu betreiben. Aber sicher – Chinas Ruf in Sachen freundlicher Zuwendung an ausländische Invasoren, Investoren und Ausländern im Allgemeinen, ist

---

* Und falls Ihnen das nichts sagt, holen Sie die Lektüre des *Per Anhalter durch die Galaxis* unbedingt nach. Die Geschichte vom Plapperkäfer geht folgendermaßen weiter: »Dummerweise sind ihm viele Touristen zum Opfer gefallen, weil sie einen Artikel im Anhalter zu wörtlich genommen hatten. Dort hieß es nämlich aufgrund eines bedauerlichen Druckfehlers, dass der Plapperkäfer **für** vorbeikommende Touristen oft ein sehr gutes Essen machen würde. Tatsächlich macht er aber **aus** vorbeikommenden Touristen ein sehr gutes Essen. Deswegen wurde der ›Anhalter‹ von einigen Angehörigen gefressener Touristen verklagt, gewann den Prozess aber, als er darauf hinwies, dass seine Version schöner sei, und ein Dichter bewies, dass Wahrheit Schönheit und Schönheit Wahrheit ist. Das Gericht verurteilte daraufhin das Leben selbst, da es Schönheit und Wahrheit nicht getrennt hatte.« Schön, oder?

geradezu legendär. Ein schönes Beispiel ist das chinesische Cybersecurity-Gesetz.[5]

Selbiges untersagt ausländischen Unternehmen, ihre Daten so zu verschlüsseln, dass die Zentralregierung nicht mitlesen kann. Was an Informationen auf chinesischem Gebiet ausgetauscht wird, bleibt in China. Gegebenenfalls müssen die Verschlüsselungscodes herausgegeben werden – und wenn nicht freiwillig, dann im Wege der Beschlagnahme – und die ausgelesenen Daten dürfen ausdrücklich staatlichen chinesischen Unternehmen zur Verfügung gestellt werden.

Und nein, Herr Müller, die Daten dienen nicht zu Zwecken des Klimaschutzes.

Ich würde meinen, die versuchte monetäre Einflussnahme auf Chinas Klimapolitik ist auch unter wohlwollender Betrachtung nicht mehr unter Dummheit zu subsumieren – hier verlassen wir das weite Feld des am-deutschen-Wesen-genesen-Größenwahns und begeben uns stracks in die Idiotie.

Vom Nachteil der Dummheit

I'm a loser baby so why don't you kill me?
Beck

Dummheit ist viral. Unbehandelt führt das Virus zu Idiotie, mit Rückfällen in den Kretinismus und schließlich zum Hirntod. Bedauerlicherweise sind die Auswirkungen auf die motorischen Funktionen nicht allzu offensichtlich, so dass insbesondere andere Hirntote der Täuschung unterliegen, vor ihnen stünde ein lebendiger Mensch. Gleichzeitig sind erstaunliche Parallelen zwischen Dummheit und Drogensucht festzustellen. Beiden Zuständen ist gemein, dass der Konsument sich gut fühlt. Und zwar so gut, dass er sich nie wieder anders fühlen möchte.

Ein extremer Nachteil der Dummheit besteht in der eingeschränkten Reaktionsfähigkeit auf die Anforderungen der Umwelt. Häschen, zum Beispiel, sind sehr niedlich, fluffig und ziemlich dumm. Deshalb haben sie bis heute nicht begriffen, dass Autoreifen nicht im herkömmlichen Sinne Beutegreifer sind und sich vor diesem Hintergrund das Totstellen als eher kontraproduktive Strategie anbietet.

Die EU ist ähnlich eingeschränkt in ihrer Wahrnehmung. Ich komme in diesem Zusammenhang zurück auf die totalitären Systeme. Die Haltung der EU gegenüber totalitären Systemen ist die: Wir sind niedlich und fluffig und jederzeit gesprächsbereit. Wir unterstützen Handelsbeziehungen mit euch und wenn ihr nicht mit Atomwaffen schmeißt, dann tun wir das auch nicht. Und wir werden euch mit gesprächsbereiter Herzensgüte so mürbe machen, dass die Diktatoren dieser Welt sich nichts sehnlicher wünschen, als auch niedlich und fluffig zu sein.

Es scheint ein Reflex des Menschen zu sein, bei anderen dieselbe Funktionsweise wie bei sich selbst vorauszusetzen. Immer wieder herrlich, wenn der Gentleman-Boxer mit erhobenen Fäusten vor sich hertänzelt, nur um einen Tritt in die Kronjuwelen zu bekommen, der ihn umgehend für geraume Zeit nicht mehr tänzeln lässt. Oder der Appell an die Empathie des psychopathischen Sadisten. Das nur dem Anstand geschuldete höfliche Angebot und das fassungslose Entsetzen, dass es angenommen wurde. Das Vertrauen auf die Redlichkeit des Betrügers – ganze Marktwirtschaften leben davon. Oder betrachten Sie nur die Heerscharen junger Frauen, die meinen, nach dem Sex sei der bis dato eher desinteressierte Galan wie durch Zauberhand ebenso verliebt wie sie selber.

Sie meinen, Oxytocin sei keine Dummheit? Soweit wohl wahr – doch die Unkenntnis der eigenen hormongesteuerten Dämlichkeit zeugt wiederum nicht unbedingt von Geistesgröße.

Wobei das letzte Beispiel hervorragend die Nähe der Dummheit zur Drogensucht illustriert. Ich führe das Szenario noch ein wenig aus: Wir haben eine schwer verliebte junge Frau, deren Objekt der Begierde ausgerechnet ein Sexsüchtiger ist. Seiner Obsession geschuldet gibt es häufig und regelmäßig *wham bam thank you ma'am* und weiter gibt es nichts. Was das Dingelchen nicht gerade glücklich macht, aber immer, wenn sie wild entschlossen diese demütigende Beziehung beenden will, verpasst er ihr eine neue Ladung Oxytocin. Bevor nun das arme Dingelchen das Hirn einschaltet, das System durchschaut und dankend ablehnt, läuft sie lieber weiterhin schwer verliebt durch die Gegend und erfindet viele schöne Ausreden, warum das psychisch kranke Teil eigentlich ein ganz wunderbarer Mensch ist. Denn verliebt sein fühlt sich ja so gut an.

Oder nehmen wir einen Angestellten – unteres Management. Der Mann* – nennen wir ihn schlicht

---

* Ja, Sie haben Recht: es war Absicht die Rolle des verliebten Dummchens mit einer Frau zu besetzen und die des traurigen Karrieristen mit einem Mann. Seitdem die Gendersternchen-Beauftragten keinen Tag vergehen lassen, ohne mir auf den Sack zu gehen (an dieser Formulierung können Sie erkennen, wie grundsätzlich schnurzwegpiepegal mir das Geschlecht

»Müller«* – will die Karriereleiter nach oben und so strampelt er sich für das wenige Geld, das er bekommt, übermäßig ab. Kommt früher als die Kollegen, macht Überstunden, erledigt Liegengebliebenes am Wochenende und wenn er ein Hündchen wäre, würde er immer ganz schnell wedeln, wenn jemand von der Geschäftsleitung ihm einen mitleidigen Blick zuwirft und es als Aufmerksamkeit fehldeuten. Der Mann wird nie die Karriereleiter nach oben steigen, denn er demonstriert jeden Tag, dass er keine Führungspersönlichkeit ist. Er ist eine Arbeitsdrohne. Bei gehöriger Anstrengung wäre ihm auch bewusst, dass die Dankbarkeit der Firma sich in 25 Jahren eher in einer billigen Uhr als in einer Position als CEO manifestieren wird, aber das will er überhaupt nicht wissen. Dann wäre er nämlich nicht angehender CEO-Müller, sondern Arbeitsdrohne Müller. Jeden Morgen müsste Müller vor dem Spiegel stehen, sich ins Gesicht schauen und feststellen, dass die grauen Wolken der Tristesse seines Daseins sich nicht öffnen werden; dass kein Regenbogen mit einem Topf voll Gold auf ihn wartet, und jeden Morgen müsste er erneut die Kraft aufbringen, das Rasiermesser nicht an der Kehle anzusetzen, um

ist) lasse ich keine Gelegenheit aus, die zu ärgern. Die ärgern sich nämlich wirklich – sonst würde es ja auch keinen Spaß machen.

* Ein häufig vorkommender, beliebig gewählter Name

es endlich hinter sich zu haben. Da geht er lieber auf dem Heimweg noch kurz zum Herrenausstatter und kauft sich eine – viel zu teure, aber eines CEOs angemessene – Krawatte. Die hat er dann schon mal.

Ist Selbstbetrug Dummheit? Oder Überlebensstrategie?

Dass das Bild, das andere Menschen von uns haben, mehr oder weniger davon abweicht, wie wir uns selber sehen, dürfte bekannt sein. (Falls nicht, war das jetzt aber ein »Huch«-Moment, nicht wahr?)

Ich würde meinen, je heftiger die Bilder voneinander abweichen, desto »Huch«. Das Korrektiv des fehlerhaften Selbstbildnisses ist die Kritik. Und hier wird »Huch« zu »Autsch«.

Kritik wird von den meisten Menschen schwer ertragen, und ich meine auch eine gewisse Korrelation zwischen Intelligenz und Kritikfähigkeit ausmachen zu können. Was nicht zuletzt am Dunning-Kruger-Effekt liegen dürfte. Gehen wir konform, dass der Zeitgeist in Sachen sachlicher Kritik ausbaufähig ist? Auf Kritik folgt gleichsam eines pawlowschen Reflexes Diffamierung. Diffamierung kann und wird jedoch niemals zu einer sachlichen Auseinandersetzung führen können. Insofern ist die Reaktion der Diffamierung völlig sinnentleert, offenbart lediglich, dass es dem Diffamierenden an Argumenten fehlt und, nüchtern betrachtet, sollte er es einfach lassen. Oder?

Aus Sicht des Diffamierten und im Sinn eines zielführenden Diskurses völlig richtig. Anders sieht es allerdings bei dem Diffamierenden aus. Das Selbstbild kann auch trefflich durch Negativ-Eigenschaften definiert werden – insbesondere hilfreich, wenn positive Eigenschaften nicht so offensichtlich vorhanden sind. In extremis kann der gerade noch lebende Kadaver sich wahrscheinlich sogar ausschließlich durch die Dinge definieren, denen er entgegentritt – und zwar energisch. Wenn keine Argumente zur Verfügung stehen, dann zeigt man eben Haltung.

Der Gegenentwurf sind die Menschen, die sich genauso energisch *für* etwas einsetzen. Rettungen bieten sich in diesem Zusammenhang immer an. Gefühlvolle Seelen retten gerne irgendwas mit Tieren; Jugendliche sind zwischenzeitlich der Überzeugung, dass die früher noch negierte Zukunft umgehend gerettet werden muss und Größenwahnsinnige retten dann mal gleich die ganze Welt.

Allen ist gemein, dass sie einem Selbstbetrug unterliegen.

Die, die sich so trefflich von allem Bösen abzugrenzen verstehen, meinen, der Rest sei gut. Nur ist Null minus böse immer noch Null. Und jene, deren Oxytocin das Geschwätz über künftige Großtaten ist, können nur durch immer neues Geschwätz die Illusion der Visionen aufrechterhalten. Zwischen ihnen und Müllers Rasiermesser steht nur der Selbstbetrug. Insofern ist Selbstbetrug eine Überlebensstrategie – aber eine furchtbar dumme. Denn beiden Gruppen ist auch gemein, dass sie freiwillig den Weg der Dummheit nicht verlassen werden. Dummheit ist tatsächlich der Drogensucht vergleichbar – bevor nicht der absolute Niedergang erreicht ist, ist die Einsicht, auf dem falschen Weg zu sein, nicht zu erwarten.

Staatsziel Dummheit

We're on a road to nowhere.
Talking Heads

Kennen Sie zufällig *Idiocracy**? Eine wunderbare Dystopie über die komplette Verblödung der Weltbevölkerung. In *Idiocracy* wird die zunehmende Verblödung damit erklärt, dass die Intelligenz ständig mit der Karriere beschäftigt ist und den Nachwuchs immer auf einen günstigeren Zeitpunkt in der Zukunft plant (bis es zu spät ist), während die Dummheit drauflosvögelt, als gäbe es kein Morgen. Als die Intelligenz gerade anmerkt, dass angesichts der allgemeinen Marktlage ein ungünstiger Zeitpunkt für Nachwuchs sei, ist die Dummheit bereits Oma.

* *Idiocracy,* Regie: Mike Judge, USA, 2006. Hatte das Zeug zum Kultfilm, war aber wohl aufgrund der tiefen Wahrheit, die in Humor verpackt umso treffender daherkommen kann, zu deprimierend, um einer breiten Masse zu gefallen. Vielleicht war die Masse auch einfach zu breit, um ihn zu kapieren. Man weiß es nicht.

Sagt Ihnen der *Flynn-Effekt* etwas? Benannt nach James Robert »Jim« Flynn, der feststellte, dass die Intelligenzquotienten in weiten Teilen der Welt kontinuierlich von Generation zu Generation anstiegen.[6]

Seiner persönlichen Meinung nach war damit nicht unbedingt die Aussage verknüpft, dass die Menschen tatsächlich intelligenter wurden (nun gut; er ist Intelligenzforscher und ich nicht; ich würde aber meinen, dass IQ-Tests einen Schluss auf das Denkvermögen zulassen und dass Denkvermögen die Voraussetzung für Intelligenz ist) – aber ihre Testergebnisse wurden immer besser. *Warum* das so war, war unter den Intelligenzforschern (und verwandten Disziplinen) umstritten, aber das ist ja wenig überraschend. Forscher – insbesondere die der Geisteswissenschaften, der theoretischen Physik und Archäologen – sind ein zänkisches Volk.

Wie so häufig konnte dieser Streit durch Zeitablauf erledigt werden, denn zwischenzeitlich ist das Gegenteil festzustellen: Jede Generation schneidet bei standardisierten Intelligenztests schlechter ab als ihre Vorgänger. Sozusagen der *Nnylf-Effekt*. Warum das so ist, ist merkwürdigerweise umstritten.

Einige Forscher folgen in ihrer Argumentation tatsächlich der Idiocracy-Theorie und Konrad Lorenz sah bereits eine »Verhausschweinung des Menschen«[7] voraus.

In diesem Zusammenhang zunehmende Migration als Erklärungsversuch anzuführen, ist voll Nazi (so würde es wohl auf dem Sprachniveau der jugendlichen Fast-schon-Hausschweine ausgedrückt werden müssen) und andere Kreise sind der Ansicht, es müsse nur ausreichend gefördert werden. Letztlich führt das dann zu sogenannten Schulbegleitern, die sich den lieben langen Tag neben komatös desinteressierten bis hochgradig aggressiven jungen Menschen mit »komplexen psychosozialen Beeinträchtigungen«* hocken und mit gutem Zureden versuchen, das Objekt ihrer Förderung zu fördern.

Mit einer Kosten / Nutzen Relation, die zumindest fragwürdig ist. Wann immer ich wage laut auszusprechen, dass es eventuell einfach ein Naturgesetz ist, dass einige Menschen durchs Raster fallen, schlägt mir Empörung entgegen. Chancengleichheit und so. Tatsächlich aber sind nicht alle Menschen gleich und ein bedauernswertes Geschöpf, das schlicht nicht in der Lage ist, die Ansprüche zu erfüllen, sollte meines Erachtens einfach in Ruhe gelassen werden. Zahle man ihm die Fördergelder direkt aus und angesichts dessen,

---

* So nennt man das. Muss eine »Beeinträchtigung« nicht logischerweise an einem Idealbild des Menschen gemessen werden? Und ist nicht Grundlage des Humanismus, Respekt vor der Persönlichkeit und dem Leben, das der Mensch führen will, zu haben? Toleranz zu üben? Und sind »Idealbilder« nicht irgendwie pfui? Vielleicht bekomme ich auch nur etwas durcheinander.

was in Deutschland so alles finanziert wird, wird der eben auch noch finanziert. Vielleicht bekommt er irgendwann den Dreh, doch noch lesen und schreiben lernen zu wollen. Angebote wären vorhanden.

Im Übrigen bezweifle ich, dass die weitgehende Abschaffung der Hauptschule geeignet war, das Bildungsniveau zu heben. Selbst wenn man das Hausschwein aus dem Koben holte und auf eine Gesamtschule schickte; es ist immer noch ein Hausschwein. Und ich würde meinen, es fühlt sich wohler unter anderen Hausschweinen als ständig mit seiner Verhausschweinung konfrontiert zu sein. Vielleicht ist dumm sein und einfache Sachen zu lernen auch Glück.

Kein Glück ist es für jene, die eingeschult werden und zunächst damit beschäftigt sind, dass die Klasse Deutsch lernt. Also für jene, die das schon können. Die lernen Schule als den Ort kennen, wo ihnen vor Langeweile das Hirn zu den Ohren herauskriecht. Manchmal wird dann der Moment verpasst, an dem es interessant werden könnte. Das wäre – um im Bild zu bleiben – als würde ich Schweine dressieren wollen und ihnen vorher eine kleine Lobotomie verpassen. Ich starte nicht bei Null, sondern unter Null. Gleichstand.

Gehen wir konform, dass eine Voraussetzung von Intelligenz Bildung ist? Konservativ wie ich bin, halte ich Bücher zu lesen immer noch für ein probates Mittel, den Entwicklungssprung von der auf reine Fortpflanzung programmierten Spezies zum vernunftbegabten Menschen zu vollenden. Eventuell ist es der *Nnylf-Effekt,* dass die »bildungsferne Gesellschaftsschicht« zwischenzeitlich in der Mitte der Gesellschaft angekommen ist. Dass der lesende Mensch einer aussterbenden Art angehört, war mir diffus bewusst. Dass aber bereits 20 Bücher pro Jahr (!) einen »Intensivkäufer« ausmachen und lediglich fünf Prozent der Bundesbürger solche Intensivkäufer sind, ist ebenso niederschmetternd wie die Tatsache, dass die Lesehäufigkeit seit 2014 kontinuierlich abnimmt und weniger als die Hälfte der Bundesbürger überhaupt noch Bücher kaufen.[8]

Wenn ich dann noch die *Spiegel*-Bestsellerliste –das literarische Äquivalent zum kulinarischen Fastfood – ins Kalkül ziehe, wundert mich überhaupt nichts mehr. Und falls Sie sich dieselbe Frage stellen, die ich mir auch gestellt habe: Nein, ob das Buch auch gelesen wurde, fand keine Berücksichtigung in der Studie.

Nun könnte man meinen, eine Bundesregierung, die feststellen muss, dass ihre Bürger immer dümmer werden, würde gegensteuern. Aber nein – jede neue Pisa-Studie sorgt für Entsetzen und Bestürzung und ganz besonders erschütternd ist, dass jeder fünfte 15-Jährige nicht einmal auf Grundschulniveau lesen kann. Und dann erklärt der Präsident der Kultusministerkonferenz, es stimme ihn zuversichtlich, dass sich Schüler mit Migrationshintergrund in der zweiten Generation gegenüber früheren Pisa-Studien deutlich verbessert haben. Dies belege, »dass Schulen einen wichtigen Beitrag zur langfristigen Integration in unsere Gesellschaft leisten«.[9] Wovon redet der Mann? Wahrscheinlich stimmt es ihn auch zuversichtlich, dass sein 13-jähriger Nachwuchs bereits allein aufs Töpfchen gehen kann. Allein die Tatsache, dass viel Luft nach oben ist, kann nicht zuversichtlich stimmen, dass der leere Raum auch gefüllt wird.

Das Gegenteil ist der Fall: Der zunehmenden Verdummung wird nicht entgegengewirkt, sondern es werden schlicht die Ansprüche gesenkt. In allen Bereichen. So werden zum Beispiel seit 2015 die Einstellungskriterien bei der Polizei immer weiter herabgesetzt – zwischenzeitlich ist das Niveau auf Rekordtief. Bei einem Diktat des Schwierigkeitsgrades der 9. Klasse sind inzwischen 15 Prozent an Rechtschreibfehlern tolerabel. Gleichzeitig bestehen Pläne, Türkisch-Kenntnisse als Boni gegenzurechnen. In Brandenburg ist aufgrund des erheblichen Mangels an geeigneten Bewerbern schlicht die »Eignung« neu festgelegt worden. Früher musste mindestens Eignungsstufe vier (von maximal sieben) erreicht werden; heute reicht Eignungsstufe zwei bereits aus.[10] Außer Deutsch- und Türkischkenntnissen sind weitere Kriterien für die Eignung als Polizeibeamter übrigens auch akzeptables Sozialverhalten und der persönliche Umgang mit Stress. Sollte jemand der Ansicht sein, dass zwei von sieben Punkten auf gewisse Defizite des Bewerbers hindeuten – keine Sorge. Im weiteren Verlauf der Ausbildung werde bei Auffälligkeiten des hoffnungsvollen Polizeinachwuchses »gegengesteuert«. Wie soll ich mir das vorstellen? Den Heißblütigen und den Schießwütigen wird im Falle ihres Impulsdurchbruches aufgrund mangelnder Stressresistenz und nicht vorhandenem Sozialverhalten die Munitionszuteilung gekürzt? Oder eine Gefährderansprache gehalten? Ich stelle fest, dass die Polizei Brandenburg und ich divergierende Ansichten über Sicherheit haben. Aber da Sicherheit nun eben deren Metier ist und nicht meines, werde ich wohl im Irrtum sein.

Die Herrschaft der Dummheit

Now the idiots have taken over.
NOFX

Ich gebe zu, noch in einem weiteren Punkt im Irrtum gewesen zu sein. Ich war immer ganz selbstverständlich davon ausgegangen, dass die Verantwortung für Menschen zu übernehmen mit einer entsprechenden Befähigung einhergeht. Weshalb die Geschichten von falschen Ärzten oder gefälschten Doktorarbeiten so unglaublich skandalös sind. Folglich ging ich auch davon aus, dass jene, die sich zutrauen, die Verantwortung für eine gesamte Republik zu übernehmen, dafür auch in irgendeiner Form qualifiziert wären. Pustekuchen – tatsächlich wimmelt es in der Politik von suboptimal Ausgebildeten. Und ich möchte darauf hinweisen, dass diese Klassifizierung keinesfalls einer gewissen Unzufriedenheit meinerseits mit dem Treiben der Entscheidungsfinder entspringt; ganz und gar und überhaupt nicht. Es ist eine Tatsache. Wenn man sich die Mühe macht, die Biografien derer zu betrachten, die jeden Monat für ihre »Tätigkeit« mehr als großzügig von uns allen alimentiert werden, stellt sich heraus, dass eine erkleckliche Zahl in ihre Bewerbung bei der Frage »Berufsabschluss« ehrlicherweise »ohne« schreiben müssten. Man denke kurz über die Gehaltsvorstellungen nach, die sich diese Ungelernten redlicherweise bei einer Tätigkeit in der freien Wirtschaft machen dürften. Die Flucht aus einem Leben auf Mindestlohn-Niveau führt in die Politik. Bedauerliche Einzelfälle? Keineswegs. Volker Beck, Joschka Fischer, Daniela Wagner, Claudia Roth, Katrin Göring-Eckardt, Omid Nouripour, Frank Schwabe, Kathrin Vogler, Anette Widmann-Mauz und Dietmar Nietan hatten alle mal studiert, das Studium dann aber ohne Abschluss abgebrochen.[11] Und dann gibt es noch jene, die nach dem abgeschlossenen Studium nicht einen einzigen Tag in der Wirklichkeit der Arbeitswelt verbrachten. Die von der Blase der Universität direkt in die Blase der Politik übergewechselt sind. Wie Hubertus Heil, seines Zeichens Arbeitsminister. Das ist doch drollig.

Oder Umweltaktivist Toni Hofreiter, der tatsächlich sein Biologie-Studium mit einer Promotion über die »Bomarea«[12] krönte. Dass nun ein bayrischer Naturbursche auf eine Leidenschaft für Inka-Lilien verfällt, ist originell. Eventuell besteht ein Zusammenhang mit forschungserforderlichen Studienreisen in den südamerikanischen Regenwald. Vielleicht hatte aber auch das Thema der Gliederung von Bomarea-Arten den Toni einfach gepackt und nicht wieder losgelassen. Ich stelle es mir auch faszinierend vor. Jedenfalls postdoktorandete Herr Hofreiter dann noch ein paar Jahre an der Universität herum, bis sich eine Förderung seiner vielfältigen Interessen im parlamentarischen Rahmen anbot. Seither hat der Schutz der Umwelt die Bomarea als Leitthema abgelöst. Wobei zu beobachten ist, dass sich seine hierzu entwickelten Vorstellungen regelmäßig durch eine gewisse Realitätsferne auszeichnen. Angesichts seiner Vita ist das verständlich, aber nicht entschuldbar.

Die grüne Lichtgestalt Habeck hat hingegen nicht nur mit einer Arbeit über literarische Ästhetizität promoviert, sondern mit seiner Gattin auch noch Jugendbücher, Unterhaltungsromane und ein Theaterstück über den Kieler Matrosenaufstand veröffentlicht. Ein Mann des Volkes. Später schrieb er dann so ganz volksnah politische Bücher und im Vorwort zu dem 2018 erschienenem *Wer wir sein könnten*[13] schrieb er, es gäbe zu viel »Brüllen und Niedermachen« in der deutschen Diskussion. Und dann binsenweisheitet er »wie wir sprechen, entscheidet darüber, wer wir sind – auch und gerade in der Politik« und »die sprachliche Verrohung bereitet der gesellschaftlichen Verrohung den Weg«. Da hat er nicht ganz Unrecht.

Nun schreibe ich diesen Text zufälligerweise einen Tag nach der Wahl in Thüringen. Kemmerich wurde mit den Stimmen der AfD zum Ministerpräsidenten gewählt und unser lieber Herr von der sprachlichen Gesinnung äußert sich wie folgt: »Thomas Kemmerich ist mit Hilfe von einer AfD ins Amt gekommen, die in Thüringen von einem Faschisten geführt wird. Das ist ein Pakt mit Rechtsextremen.«[14]

Der Habeck ist schon ein Teufelskerl: Weltweit debattieren Historiker über den Begriff »Faschismus« und einhellige Meinung ist, dass man keiner einhelligen Meinung ist.[15] Einigkeit herrscht nur insofern, dass »Faschismus« – sofern man sich einer definierten Sprache bedienen möchte – der italienischen Bewegung um (und in) Mussolini vorbehalten ist. Aber der Habeck weiß, was ein Faschist ist, wenn er einen sieht. Es ist zwar eine Tatsache, dass von einem deutschen Gericht – im Eilverfahren; also lediglich nach »summarischer Prüfung« – entschieden wurde, dass die Bezeichnung Björn Höckes als »Faschist« im Rahmen der freien Meinungsäußerung zulässig sei, was aber nicht bedeutet, dass rechtskräftig festgestellt wurde, dass Björn Höcke ein Faschist *ist.* Nicht immer einfach für den juristischen Laien, solche Feinheiten differenziert wahrzunehmen. Vielleicht fehlt auch schlicht die literarische Ästhetizität. Oder der Wille, durch eine sprachliche Verrohung keiner gesellschaftlichen Verrohung den Weg zu bereiten.

Interessant finde ich in diesem Zusammenhang einen Gedankengang, der sich sowohl bei der Psychoanalytikerin Janine Chasseguet-Smirgel als auch bei dem Sozialwissenschaftler Samuel Salzborn findet.[16] Beide treffen eine feine Differenzierung zwischen Faschismus und Nationalsozialismus.

Faschismus sei schlicht eine Diktatur. Wie sie immer mal wieder vorkommt. Der Nationalsozialismus hingegen samt Holocaust und Rassepolitik sei aber so viel mehr gewesen als eine schlichte Diktatur.

Wer also den Nationalsozialismus als Faschismus bezeichne, betreibe letztlich eine Strategie der Erinnerungsverweigerung und Schuldabwehr.

Wo bitte bleibt der öffentliche Aufschrei, der Habeck betreibe Erinnerungsverweigerung und Schuldabwehr? Immerhin hatte der Mann doch bereits vor geraumer Zeit öffentlich geäußert: »Ich wusste mit Deutschland noch nie etwas anzufangen und weiß es bis heute nicht.«[17] Impliziert das nicht auch, dass er mit der deutschen Vergangenheit noch nie etwas anzufangen wusste und bis heute nicht weiß? Und warum empört sich niemand darüber? Und warum wird dieser Satz nie zitiert, wenn unser lieber Herr von der sprachlichen Gesinnung als kommender Kanzler gehandelt wird? Und wie dumm muss man eigentlich sein, um überhaupt als Politiker einen solchen Satz von sich zu geben. Jeder Karnickelzüchterverein würde einen Vorsitzenden zum Teufel jagen, der öffentlich bekundet, er habe mit Karnickeln noch nie etwas anfangen können. Tatsächlich kommt Robert

Habeck aber damit durch. Sowohl sich für etwas bezahlen zu lassen, was ihm völlig egal ist, wie auch damit, seine politischen Gegner als Faschisten zu bezeichnen. Ich würde es angesichts der Gestalten, die unser gemeinwohliges Schicksal bestimmen, für opportun halten, Politiker nach Befähigung und Leistung zu berufen. Und jene, die so mitten aus dem Volk kommen, müssten zumindest einen Grundkurs Staatskunde nachweisen. Jedenfalls aber würde ich ihnen genau den Verdienst zugestehen, den sie auch vor ihrer politischen Tätigkeit erwirtschaften konnten. Und dann wollen wir doch mal sehen ...

Hinsichtlich der momentan gerade inflationär bemühten »Faschisten« ist festzustellen, dass die ganz woanders verortet werden können. Wesentliches Merkmal des Faschismus dürfte der Führerkult sein. Spontan denke ich an Greta Thunberg und Mutti Merkel. Greta betreibt momentan gerade das Geschäft, ihren Namen als Marke schützen zu lassen, derweil sich Mutti Merkel ganz Deutschland unter den Nagel reißt. Und während die Öko-Faschisten von »Fridays for Future« (was machen die eigentlich an den anderen sechs Tagen in der Woche?) daran arbeiten, zumindest die westliche Welt nach ihrem Vorbild umzubauen, arbeitet Mutti Merkel daran, Deutschland umzubauen. Vielleicht auch daran, es abzuwickeln. Eventuell ist es der größte Polit-Coup der Weltgeschichte: die freundliche Übernahme der BRD durch die DDR.

Dreistigkeit und Dummheit

It's the end of the world as we know it
(and I feel fine).
R.E.M.

Dreistigkeit und Dummheit gehen oft Hand in Hand. Gefährlich wird es, wenn Dreistigkeit selber gar nicht so dumm ist, sondern nur dreist. Und sich Dummheit zu Nutze macht.

Bis heute arbeiten sich Biografen und andere interessierte Menschen daran ab zu eruieren, wieviel DDR noch in Angela Merkel steckt. Es gibt wenig an belastbaren Fakten, und wenn ich davon ausgehe, dass regelmäßige Säuberungsaktionen stattfinden, wenn belastbares Belastendes auftaucht, so wundert mich das nicht. Ein Fragment der DDR-Merkel ist allerdings gut erhalten und das ist ein offener Brief der damals 35-Jährigen, in dem sie Christa Wolf und Stefan Heym mangelnden Glauben an den Sozialismus vorwirft.[18] Wolf und Heym hatten den Aufruf »Für unser Land« veröffentlicht und für eine »solidarische Gesellschaft« auf dem Boden der DDR geworben, um dem »Ausverkauf unserer materiellen und moralischen

Werte« entgegen zu treten. Merkel wirft Christa Wolf in eben jenem erwähnten offenen Brief daraufhin vor: »Wenn Sie noch an die Zukunft des Sozialismus glauben, dann wäre es notwendig gewesen, einen Entwurf für dessen Realisierung voranzustellen und nicht lediglich zu polemisieren. Gerade an gangbaren und einsichtigen Zukunftsvisionen mangelt es zur Zeit. Im übrigen haben 40 Jahre DDR vielen das einstmals so hoffnungsvolle Wort Sozialismus verleidet.«*

Darf ich davon ausgehen, dass sich hier jemand äußert, der nach wie vor an den Sozialismus glaubt? Wie kommt es dann, dass dieser jemand sich 1989 dem DA (»Demokratischer Aufbruch«) anschließt und nach dem Zusammenschluss von DA und CDU 1990 – ein Jahr nach dem Tadel für die Sozialismusungläubigen – für die CDU kandidiert? Man kann der CDU ja viel nachsagen, aber dass sie verkappte Sozialisten seien, bestimmt nicht. Im September 1990 fädelt Merkel über einen Parteifreund ein Treffen mit Helmut Kohl ein. Kohl traf zum ersten Mal »sein Mädchen«. Der Rest ist Geschichte.

In dieser Geschichte sind drei Kapitel bemerkenswert. Das erste betrifft die Auswirkung der Kanzlerin auf die Sprache. In der Regierung Kohl wurde »aussitzen« zum geflügelten Wort, aber man nannte es nicht

---

* Die Rechtschreibung wurde aus dem Original übernommen.

»auskohlen«. 2011 hingegen wurde »wegmerkeln«[19] in den allgemeinen Sprachgebrauch aufgenommen; kurz für »etwas real Vorhandenes verschwinden lassen«.

»Alternativlos« war bereits im allgemeinen Sprachgebrauch verankert, jedoch mit einem konziliant bedauernden Beiklang. »Alternativlos« im merkelschen Sinn hat den Charme einer Guillotine. Was in Zusammenhang mit ihrer Feststellung »Denken beim Reden ist auch nicht so einfach«[20] stehen könnte.

Das zweite Kapitel betrifft den liebevollen Herbst 2015. Auf der Balkanroute waren seit Anfang des Jahres knapp 700 000 Menschen vom Nahen Osten nach Europa unterwegs. Trotz Schengener Abkommen und gemeinsamer Europapolitik sahen sich weder Kroatien noch später Ungarn in der Lage, die Migranten zu registrieren und aufzunehmen. Aber Deutschland konnte. Und wollte. Anders als »kommt alle her« ist der Tweet des Bundesamtes für Migration und Flüchtlinge vom 25. August[21] nicht zu verstehen, dass ab sofort auch unregistrierte Flüchtlinge aus Syrien in Deutschland anerkannt werden. Der Tweet war auf sehr vielen Handys auf der Balkanroute abgespeichert.

Dass die Geschichte jener Massenmigration eine Erfolgsgeschichte wurde, verdanken die Protagonisten den Medien. Ständig lungerten Reporter und Kamerateams vor Ort, und wenn ich davon ausgehe, dass es Kalkül war, seitens der Migranten auf Eskalation hinzuarbeiten und im Interesse des Qualitätsjournalismus möglichst dramatische Bilder einfangen zu können, dürfte ich nicht ganz daneben liegen.

Die Situation spitzt sich an der Grenze zu Österreich immer mehr zu und auch Frau Merkel dämmert, was ihre europäischen Kollegen bereits festgestellt haben: die Migranten wären nur mit Gewalt daran zu hindern, die Grenzen zu überrennen. Hässliche Bilder drohten. Sehr hässliche Bilder. Und wenn Politiker eines mehr hassen als intelligente Fragen, so sind es hässliche Bilder. Die Kanzlerin schwingt sich zu ihrer einsamen »humanitären Ausnahmeentscheidung« auf und Sonderzüge werden organisiert. Am Münchner Hauptbahnhof kommen innerhalb von 24 Stunden 8000 Migranten an. Die Presse zeigt sich begeistert und die Qualitätsjournalisten der *Süddeutschen* titeln herzerwärmend »Bonbons statt Brandsätze«.[22] Bonbonfarben auch der Bericht: »Hier zeigt sich das helle Deutschland. [… Es] geschieht gerade etwas Historisches, von dem selbst BBC, CNN und die *New York Times* live berichten. […] Volksfeststimmung hier. Ein Event, für manche schon seit Stunden. Jeder einzelne Flüchtling wird mit Klatschen begrüßt. Eine Familie verschenkt aus einem großen Sack Plüschtiere. Über die Gesichter vieler völlig erschöpfter Kinder in den Armen ihrer Eltern huscht ein Lächeln. Andere Flüchtlinge formen mit ihren Händen Herzen als Dank für diese umwerfende

Geste, für diese Willkommenskultur. Dann stimmen Dutzende Flüchtlinge Gesänge an, rufen ›Danke Germany‹, singen ›Germany, Germany, Germany‹«.

So weit, so menschenfreundlich. Nur war es keine Willkommenskultur; es war Erpressung. Mit freundlicher medialer Unterstützung.

Zu diesen Zeiten formte sich der Begriff von »Mutti Merkel«. Nun haben Staatsoberhäupter häufig Beinamen; auch wir hatten mal einen »Eisernen Kanzler«. Und England eine »Eiserne Lady«. Nun haben wir eine Mutti.

Muttis sind toll. Sie kennen den Ausspruch, »so hässlich, dass nur eine Mutter das Gesicht lieben könnte«? Die Quintessenz der Mutterschaft. Wie auch eine gefühlsbetonte Betriebsblindheit den Schwächen des hoffnungslosen Nachwuchses gegenüber. Insofern sehe ich durchaus Parallelen in der Beziehung zwischen Mutti Merkel* und jenen, die sie unter diesem Kampfnamen abfeiern.

Als sich das helle Deutschland trunken vor Willkommenskultur überhaupt nicht wieder beruhigen konnte, wagten nur die hässlichsten der hässlichen Deutschen die Frage zu stellen, wie wir es schaffen sollen, den seither ständig fließenden Strom an fremden

---

* Immer, wenn ich »Mutti Merkel« höre, wirft mein pawlowsches Hirn »Münchhausen-Stellvertreter-Syndrom« aus. Ich weiß auch nicht warum.

Kulturen mit streckenweiser Null-Toleranz-Politik unserer eigenen Kultur gegenüber zu bewältigen. »Wir schaffen das« sagte Mutti Merkel. Nur über das »wie« schwieg sie sich aus. Fünf Jahre vorher hatte sie noch öffentlich bekundet, der Ansatz für Multikulti sei nicht nur gescheitert, sondern »absolut gescheitert«.

Insofern war es nur folgerichtig, dass in den Jahren zwischen 2010 und 2020 den Muslimen in Deutschland mit staatlich gefördertem Islamismus das Leben unter Ungläubigen erleichtert wurde. Vielleicht meinte sie das.

In der Aufarbeitung des Hellen Herbstes 2015 wurde außerhalb der emotionalen Begeisterung von nüchternen Gemütern die gefährliche Frage – gefährlich für den Fragenden, der ob seiner dergestalt offenbarten Gesinnung durchaus Verluste in mannigfaltiger Form zu gewärtigen hatte – nach der Rechtsgrundlage der humanitären Ausnahmeentscheidung aufgeworfen. Schließlich ist Artikel 20 des Grundgesetzes meiner Kenntnis nach immer noch in Kraft und auch nicht um einen Absatz 5 erweitert worden, der normiert, der Kanzlerin sei gestattet, in emotionaler Ausnahmeverfassung von der verfassungsgemäßen Ordnung abzuweichen. Schließlich hatte Mutti Merkel nicht angekündigt, sich persönlich und privat um die Zuzugswilligen kümmern zu wollen, sondern per Dekret ihrem Volk auferlegt, das zu schaffen. Da ist die

Frage nach der Rechtsgrundlage schon naheliegend. Um Sie nicht so lange auf die Folter zu spannen: Es gab keine.

Das ist im Übrigen nicht nur meine Meinung – und die vieler meiner Kollegen – sondern auch die der Juristen der Wissenschaftlichen Dienste des Bundestages.[23] Es ist schlicht so in unserer Republik, dass »wesentliche Fragen« im Parlament entschieden werden müssen. Es gab aber keine Parlamentsentscheidung zu dieser Frage. Mutti Merkel hatte sich mit einigen Ministern »beraten« – nach meinem Kenntnisstand spätabends und telefonisch – und dann entschieden. Allein. Unter Missachtung des Parlaments. Die Nummer wäre nur zu retten, wenn man sich auf den Standpunkt stellen würde, die massenhafte Zuwanderung in ein Land sei keine »wesentliche Frage«.

Wer das vertreten möchte – nur zu. Ich vertrete den Standpunkt, dass unsere Bundeskanzlerin sich Recht und Gesetz den Buckel runterrutschen lässt. 2011 verwirft sie den mühsam ausgehandelten Beschluss zum Atomausstieg (mit unschönen finanziellen Folgen, für die wir alle – nun ja, fast alle – aufkommen müssen, was auch das Bundesverfassungsgericht zu einem milden Tadel veranlasste) und ihre humanitäre Ausnahmeentscheidung von 2015 hatte und hat (nicht nur in finanzieller Hinsicht) unschöne Folgen. Folgen für Merkels politisches Wirken hatten beide Vorkommnisse keine.

Allerdings sind Auswirkungen bei den Bürgern der Republik zu beobachten, die sich in wesentlichen Fragen nicht mehr so ganz einig sind. Man könnte fast von einer Spaltung sprechen.

Und so hat die Angst der Kanzlerin vor hässlichen Bildern vielen anderen hässlichen Bildern den Weg geebnet. Seither kümmern sich Mutti Merkel und das Gutmenschentum um dankbare Zuzugswillige. Der Rest ist Kollateralschaden.

Dieselbe Bundeskanzlerin erteilte dann Anfang 2020 die Weisung, eine demokratische Wahl rückgängig zu machen, weil sie mit den »falschen Stimmen« erfolgt sei. In einer Demokratie ist eine Stimme eine Stimme. In einer Demokratie gibt es keine richtigen und falschen Stimmen. Was passiert war, ist, dass ein Liberaler dieses Prinzip anerkannt hatte. Thomas Kemmerich war zum Ministerpräsidenten Thüringens gewählt worden und zwar – Huch! – mit den Stimmen von AfD, CDU und FDP. Das wurde als »Tabubruch«[24] skandalisiert. Es steht zwar nirgendwo geschrieben und ist auch in einer Demokratie nicht vorgesehen, dass demokratisch gewählte Parteien ihrerseits bei politischen Entscheidungen kein Stimmrecht haben, doch bei Tabubrüchen muss der guten Sache wegen die demokratische Grundordnung auch mal außer Kraft gesetzt werden. Kemmerich wurde politisch massiv unter Druck gesetzt – sogar aus der eigenen Partei. Der parapolitische Arm des Gutmenschentums brachte sich in die Diskussion ein und deutschlandweit wurden FDP-Politiker als Nazis beschimpft, Hauswände und Wahlplakate um den Zusatz »Nazi« oder die Aufforderung zu sexuellen Handlungen ergänzt und dem FDP-Vize, Wolfgang Kubicki, wurden hunderte von Mails zugeschickt, deren Tenor eher in Richtung unfreundlich tendierte.[25] »Du faschistische Drecksau. Häng dich auf!« war laut seiner eigenen Angabe noch eine der harmloseren. War noch was? Ach ja – Kemmerichs Familie wurde im Zuge der Sippenhaft auch noch massiv bedroht. Und dann trat er zurück. Weil eine Kanzlerin eine demokratische Wahl nicht aushalten konnte. Ich meine, *das* ist ein Tabubruch. Ein unverzeihlicher.

In jedem anderen Kontext wäre eine solche Person umgehend nazifiziert worden. Die Journaille verfällt doch andauernd ins zuständige Jaulen, sobald sie eine Gefahr für die Demokratie wittert. Doch wenn sich die Gefahr realisiert – kein Ton. Nichts. Außer selbstverständlich Zuspruch, Haltung zu zeigen. Das Volk will Haltung, keine Demokratie. So ist das, wenn sich Dummheit von Dreistigkeit führen lässt.

Wenn es tatsächlich der von langer Hand vorbereitete Plan der 35-jährigen Angela Merkel war, einen Sozialismus auf dem Boden der BRD zu etablieren – Chapeau! Wie sagte schon Walter Ulbricht: »Es muss demokratisch aussehen, aber wir müssen alles in der

Hand haben«.[26] Da allerdings hat sie nicht gut zugehört; es sieht nicht mal mehr demokratisch aus. Dafür hat sie alles in der Hand. Wie konnte es nur so weit kommen.

Diffusion

And what I choose is my choice.
The Smashing Pumpkins

Wie konnte es dazu kommen, dass sich ein ganzes Land einer gemeingefährlich dämlichen, gemeinen und gefährlichen Regierung unterwirft? Angesichts der Tatsache, dass die einen die gewählten Vertreter der anderen sind, gibt es einem zu denken. Wobei – eventuell haben Sie, lieber Leser, diese Regierung ebenfalls gewählt. Dann möchte ich Ihnen selbstverständlich nicht zu nahe treten, erlaube mir aber den Hinweis, dass nicht ich es bin – und auch niemand aus dem Lager der sogenannten Rechtspopulisten – sondern der ehemalige Richter am Bundesverfassungsgericht Hans-Jürgen Papier, der konstatierte, dass »die europäische Reaktion auf die Zuwanderung von Flüchtlingen und Migranten weitgehend von politischer Willkür und Hilflosigkeit geprägt« ist, und »geltendes Recht immer wieder ignoriert bzw. nur partiell herangezogen wird, dort, wo es den jeweiligen Interessen diente.«[27] Nun gut – selbstverständlich wurde er nach diesen Äußerungen als Rechtspopulist gelabelt, aber lediglich von Linkspopulisten. Also irrelevant. Ich erwähne es nur der Vollständigkeit halber. Professor Papier ist noch so freundlich, es »Unentschlossenheit der politisch Handelnden« zu nennen, was letztlich dazu führte, dass »das wohlhabende Deutschland sich in die Position manövrierte, nahezu das einzige Zielland der Migration zu werden.« Nun, angesichts der leidlich bekannten Missbrauchsauswüchse von Flucht und Migration und der absoluten Hilflosigkeit (oder des Unwillens), diesen Auswüchsen Herr zu werden, nenne ich es nicht Unentschlossenheit, sondern Dämlichkeit. Ebenso dämlich wie auf Elektroenergie, Windkraft und friedliches Multikulti zu setzen.

Elektroautos – die Grünen (und im Zugzwang der grünen Bewegung machen inzwischen fast alle mit) sind ganz verliebt in Elektroautos. Was trefflich illustriert, dass es sich bei der Vorstellung der Grünen von einer neuen Weltordnung um eine kollektive paranoide Psychose* handelt.

* Bei der paranoiden Psychose leidet der Erkrankte an einer falschen Wahrnehmung der Realität, von der er auch durch Gegenbeweise nicht abgebracht werden kann. Der paranoide Persönlichkeitstyp ist von Misstrauen geprägt, interpretiert Handlungen anderer als feindlich oder abwertend gegenüber seiner Person und ist sehr schnell gekränkt. [28]

Zur Erinnerung: Elektroautos sind so viel besser als solche mit Verbrennungsmotoren, weil die Förderung von Erdöl die Umwelt verschmutzt und die Ressourcen begrenzt sind. Elektroautos fahren aber nicht mit Erdöl. Und Emissionen verursachen sie auch nicht. Deshalb sind sie toll. Denken aus.

Tatsächlich ist festzustellen, dass Elektroautos die Energie aus Batterien beziehen. Erstaunlicherweise nicht aus denen, die an Bäumen wachsen und im Supermarkt an der Kasse noch schnell in den Einkaufswagen geschmissen werden, sondern eine andere Art Batterien. Aber mit denselben Inhaltsstoffen – Lithium zum Beispiel. Und Kobalt. Lithium wird vorwiegend in den Trockengebieten Südamerikas abgebaut und für die lokalen Ökosysteme sind die sinkenden Wasserspiegel nicht unbedingt ein Gewinn.[29] Tatsächlich sind sie eine Katastrophe. Aber das wird in Grün-Deutschland nicht so wahrgenommen.

Der Kobalt-Abbau findet vorwiegend im Kongo statt. Neben den legalen werden auch illegale Minen betrieben und Kinder zu Tode geschunden.[30] Selbstverständlich ist als schmückendes Beiwerk auch hier eine nachhaltige Umweltzerstörung Teil des Gesamtpakets; auch im Kongo sinken die Grundwasserpegel und Flüsse trocknen aus. Hatte ich Gold erwähnt? Essentiell für Kontakte und Leiterplatten. Zur Gewinnung werden hochgiftige Zyanide eingesetzt.[31] Die sich später im Boden und im Trinkwasser wiederfindet. Für 0,024 Gramm Gold nimmt man 100 Kilo Sondermüll und Abraum in Kauf.[32] Saubere Energie eben. 2017 lag der Bedarf an Lithium-Ionen-Batterien bei ungefähr 70 Gigastunden pro Jahr.[33] Experten schätzen den Bedarf für Mitte des kommenden Jahrzehnts auf 700 Gigawattstunden jährlich. Und nun – lasst uns Elektroautos bauen.

Um die Sache richtig rund zu machen, sollten wir gleichzeitig flächendeckend mit der Energiegewinnung herumexperimentieren. Windkraft bietet sich an. Führt zwar in den betroffenen Regionen zu höheren Temperaturen und weniger Regenfällen[34] (und dezimiert höchst erfolgreich als Zugabe noch den örtlichen Vogelbestand), ist aber so herrlich umweltfreundlich. Wenn wir die paranoiden Öko-Psychotiker nicht stoppen, wird es zu einer Gesellschaft führen, der nichts anderes übrig bleibt, als den Strom zu rationieren. Reihum wird jede Großstadt eine halbe Stunde abgeschaltet, Operationen müssen in die Zeiten verlegt werden, in denen sie möglich und nicht nötig sind, und dass knappe Ressourcen zu steigenden Preisen führen, setze ich als bekannt voraus. Und wie das Hochlohnland BRD, das nur durch Exporte so vermögend geworden ist, unter diesen Rahmenbedingungen noch den Sozialstaat aufrechterhalten will, ist eine sehr interessante Frage. Deren Beantwortung aussteht. Eventuell auch obsolet wird, denn wenn das E-Auto aufzuladen ein Monatsgehalt kostet und der Kühlschrank wieder zum Luxusartikel wird, dürfte der Sozialstaat sich in Kürze auch erledigt haben.

Auf das herzerwärmende friedliche Multikulti komme ich später noch zurück. An dieser Stelle soll mir der Hinweis genügen, dass ich der Kanzlerin in der Version 2010 zustimmen würde: Es ist gescheitert. Ich betrachte es als eine Art Zwangsstörung, daran festzuhalten. Wie an E-Mobilität und Windkraft. Eventuell sind die Öko-Psychotiker überhaupt nicht dumm, eventuell sind sie irre. Und unter den Verblödeten ist der Irre ein Visionär.

Üblicherweise verortet man Dummheit im Prekariat. Es zeichnet sich nicht nur durch monetäre Armut aus, hinzu tritt Bildungsferne und mangelnder Aufstiegswille. Also Armut in allen Lebensbereichen. Bedingt monetäre Armut geistige Armut? Quasi als Naturgesetz?

Erich Kästner, der seine Kindheit und Jugend in Verhältnissen verbrachte, die man durchaus als »arm« bezeichnen könnte, zitiert seine Mutter mit den Worten: »Du darfst das Leben nicht so schwer nehmen, mein Junge. Es wird dadurch nicht leichter.«[35] Was für Sätze. Und was für ein Reichtum, in schweren Zeiten so eine Mutter zu haben. Wobei es für Künstler eigentlich ein Muss ist, arm zu sein. Vincent van Gogh. Nicht nur arm, sondern auch ein wenig dem Wahnsinn verfallen. Rainer Maria Rilke, der ebenfalls ständig in finanziellen Schwierigkeiten war und nur mit Hilfe seiner

Mäzene in der Lage, die *Duineser Elegien* anzufangen und Jahre später fertig zu schreiben.* Oder Modigliani. Einer aus der Heerschar jener, deren Zeitgenossen zu engstirnig (oder zu blöd) waren, um zu erkennen, wer da mitten zwischen ihnen lebte. Rembrandt (van Rijn) hatte ebenfalls kein glückliches Händchen mit den Finanzen, ging 1656 in Insolvenz und starb 1669 in Armut.

Angesichts ihrer großartigen Kunst (bis auf die *Duineser Elegien,* aber das ist meine Einzelmeinung, die keineswegs von Experten geteilt wird) ist folglich festzustellen, dass monetäre Armut keinesfalls gesetzmäßig mit geistiger Armut einhergehen muss. Also dürfte es an dem bildungsfernen mangelnden Aufstiegswillen liegen, dass das Prekariat verharrt.

Als ich noch ein Kind war, gab es den Begriff des Vorbildes. Persönlichkeiten, die so beeindruckten, dass man sich in bestimmten Lebenssituationen fragte, wie das Vorbild sich mutmaßlich verhalten hätte und daran seine Entscheidungen ausrichtete. Mein Vorbild war Atticus Finch** (und ist es bis heute).

---

* Was er für meinen Geschmack auch hätte lassen können. Nicht weil die Elegien ziemlich verquast geschrieben sind, sondern weil sein schwelgerischer Ton, der abrupt ins Jammervolle umschlägt, mir gehörig auf die Nerven gefallen ist. Vielleicht wäre er optimistischer gestimmt gewesen, hätten ihn die monetären Sorgen nicht noch zusätzlich zu seinem ohnehin schwierigen Leben gedrückt.

** Der Anwalt in *Wer die Nachtigall stört.*[36]

Zwischenzeitlich scheint das Vorbild im herkömmlichen Sinn abgeschafft und durch das »Role Model« ersetzt zu sein. Das wurde mir erst kürzlich bewusst – ich kannte diesen Ausdruck nicht –, erklärt aber einiges. Das Vorbild gibt den Inhalt vor, das Role Model die Form.

Die Geissens, Jennifer Weist, Kim Kardashian und Sido sind Role Models. Allen gemeinsam ist, dass ihr Verlust zu verkraften wäre. White trash ist das neue Schwarz. Proll das neue politisch. Defizite werden ausgelebt, statt beseitigt. »Ich bin der Arschfickmann, das ist der Arschficksong«. Seitdem Sido 2002 seine Vorliebe für Anal-Sex so fröhlich in die Welt trällerte, kultivieren Horden von jungen Männern ihre Bildungsferne durch das Absingen von Gewaltverherrlichung und Frauenfeindlichkeit. Lyrik 2.0. Gesellschaftliche Werte stürzen im freien Fall in die schöne neue Welt des Multikulti-Trash.

Der Bundespräsident bewirbt ein Konzert einer Band, die wegen linksextremistischen Bestrebungen und offenem Aufruf zur Gewalt gegen alles und jeden und insbesondere gegen die staatliche Ordnung seit Jahren vom Verfassungsschutz beobachtet wird. Anstatt sich mit Grausen abzuwenden. Vielleicht träumt Frank-Walter heimlich davon, sich eine schwere Goldkette umzuhängen und seinen Hass mal so richtig rauszulassen. Wieso fallen mir in diesem Zusammenhang stinkende Fische ein? Und wieso fällt mir ein

Finanzminister ein, dessen Rolle in einem der größten Finanzskandale bis heute nicht aufgeklärt ist?* Gesellschaftliche Werte wurden im Rahmen wild wuchernder Political Correctness zerfasert und aufgelöst. Geistesträgheit in Begleitung strikter Abstinenz von Eigenverantwortung diffundiert durch sämtliche Gesellschaftsschichten. Die Form ist wichtiger als der Inhalt. Entscheidungen werden reflexhaft nach dem Kriterium getroffen, wie es sich anfühlt. Nicht, welche Folgen es hat. Eine Republik im freien Fall.

* Ich spreche nicht von Wirecard, sondern von der dubiosen Rolle, die Olaf Scholz als damaliger Bürgermeister Hamburgs in der Cum-Ex-Affäre gespielt haben soll. Immerhin ging es insgesamt um 278 Millionen Euro, die die Warburg-Bank und ihre Tochterunternehmen zu Unrecht vom Staat erstattet bekommen hatten. Nach Vorsprache bei Bürgermeister Scholz notierte ein bis dato eher nervöser Banker in seinem Tagebuch, er habe aus den Äußerungen von Scholz geschlossen, »dass wir uns keine Sorgen zu machen brauchen«. In mehreren Anhörungen zum Thema zeigte sich Olaf Scholz eher wenig mitteilsam – dafür setzt er sich nun öffentlichkeitswirksam für längere Verjährungsfristen bei Steuerhinterziehung ein. Ich nehme an, mit ihm als Finanzminister müssen wir uns keine Sorgen machen.

Neusprech, Dummsprech, Framing und Wording

Language is a virus.
Laurie Anderson

Sie kennen das Zitat aus dem Talmud: »Achte auf Deine Gedanken, denn sie werden Worte. Achte auf Deine Worte, denn sie werden Handlungen. Achte auf Deine Handlungen, denn sie werden Gewohnheiten. Achte auf Deine Gewohnheiten, denn sie werden Dein Charakter. Achte auf Deinen Charakter, denn er wird Dein Schicksal«.

Ich mag dieses Zitat sehr gern. Gerne auch in Verbindung mit einer These der Quantenphysik die (kurzgefasst) lautet, dass es ein »Meer der Möglichkeiten« gibt; dass unendlich viele Realitäten quasi im Schwebezustand gleichzeitig existieren und ausschlaggebendes Element das Bewusstsein des Beobachters ist, das aus diesen Möglichkeiten die eine tatsächliche Realität entstehen lässt. Wenn das so wäre, würden tatsächlich innere Vorgänge die äußere Welt massiv beeinflussen. Selbstverständlich ist die These der alternierenden Quantenrealitäten umstritten. Wohl nicht zuletzt deshalb, weil eine Wechselwirkung zwischen der Handlung des Einzelnen und deren Auswirkungen in der Umwelt eine gewisse Verantwortung bedeuten würde. Verantwortung für die Auswirkungen der eigenen Handlungen zu übernehmen, ist – nicht zuletzt durch das häufige Marodieren der Akteure im virtuellen Raum – für viele Menschen ein befremdliches Ansinnen.

Gerne wird sich in solchen Zusammenhängen auf »Freiheit« berufen, doch Freiheit ohne Verantwortung ist Anarchie. Ich nehme an, die mangelnde Bereitschaft zur Eigenverantwortlichkeit ist auf eine gewisse Orientierungslosigkeit zurückzuführen. Die einzige Möglichkeit, sich von wechselnden Meinungen, Haltungen und Ansichten nicht wie ein Bötchen in schwerer See mal hier- und mal dahin werfen zu lassen, wäre, eine eigene Überzeugung zu entwickeln. Weltanschauung, Moralvorstellungen und Notwendigkeiten abzuwägen und in Einklang zu bringen. Klingt anstrengend – ist es auch.

Und so hat sich bedauerlicherweise ein Verdrängungsmechanismus etabliert, der das gute alte *sapere aude* tief in eine Kiste sperrte und in die dunkelste Ecke des Kellers stellte. Gelebte Fremdverantwortung lenkt herrlich von Eigenverantwortung ab. Die Nation ist zu einer Nation der Kümmerer geworden.

Wo man früher mit einem lässigen »komm klar und geh uns nicht mit deinem Scheiß auf den Keks« reagiert hätte, werden heute Hochschulprofessoren abkommandiert, um in eigenen Lehrstühlen zur Erforschung des Phänomens (welchen Phänomens auch immer – bizarr muss es sein und je weniger Betroffene, desto wertvoller das Engagement) wissenschaftlich fundierte Fremdverantwortlichkeit zu betreiben.

Die Sprache wurde ihr erstes Opfer. Es wird suggeriert, es sei ein Akt der Menschlichkeit, korrekt zu gendern. Irrwitzige Sternchen, Unterstriche oder die überfallartige Großschreibung eines Buchstabens mitten im Wort machen den Text zwar unlesbar, dafür darf sich der Verfasser dieses Pamphlets eines geschlechterbewussten Sprachgebrauchs rühmen. Es wird behauptet, die Gleichstellung der Geschlechter erfordere so etwas.

Ich erinnere mich der Anfänge: eine Frau beschwerte sich bei ihrer Bank, dass sie als »Kunde« angeschrieben wurde. Sie lege aber Wert darauf, als »Kundin« angesprochen zu werden. Und zog deshalb sogar vor Gericht. Ich weiß nicht mehr, wie es ausgegangen ist. Ich weiß nur noch, dass sie mich an diese vertrockneten Schabracken aus den 40er Jahren des letzten Jahrhunderts erinnerte, die mit scharfen Worten darauf hinwiesen, dass sie als »Fräulein« und nicht als »Frau« angesprochen werden möchten. Jedenfalls schlug die Fremdverantwortlichkeit unbarmherzig zu und zwischenzeitlich gehört es zum Alltagsbild, dass Stellenanzeigen sich ganz selbstverständlich an männlich/weiblich/divers richten und in Leitfäden zum korrekten Umgang mit Diversen wird empfohlen, schon bei der Begrüßung so ganz zwanglos das für sich selber in Anspruch genommene Personalpronomen gleich mit zu erwähnen (»Hallo, ich bin Angela, Personalpronomen »sie«) damit der/die/das auch ganz zwanglos mitteilen kann, wie denn er/sie/es angesprochen zu sein wünscht. Glücklicherweise verkehre ich nicht in Kreisen, in denen so etwas von mir verlangt wird. Ich hätte sogar vermutet, solche Spielarten seien lediglich dem Hirn eines Hochschulprofessonierenden entsprungen, welches sich verzweifelt um irgendeine Existenzberechtigung bemüht. Aber weit gefehlt. Achtung! Jetzt wird es erschütternd und sensible Naturen sollten eventuell das Kommende überspringen: In der *ze.tt*, Partner*in (ja, auch Magazine haben Gefühle) von *Zeit Online* erschien am 20. Januar 2020 ein Artikel: »Warum Frodo mit 23 über eine Vasektomie nachdenkt«.[37] Zu meinen Zeiten gehörte Frodo ins Auenland und mir wäre alles Mögliche zum Stichwort »Frodo« eingefallen – die »Vasektomie« hätte nicht dazu gehört. Doch jedes totalitäre System braucht zunächst mal einen »neuen Menschen« und Frodo scheint mir ein Musterbeispiel eines solchen Exemplars zu sein. Frodo, so lässt uns der Artikel wissen, ist nicht von ungefähr so sensibel, dass er sich vasektomieren lassen will. Frodos Sensibilität für Geschlechter entspringt seinem politischen Interesse (diesen Satz muss man sich auf der Zunge zergehen lassen). Mit 21 übernahm er eine leitende Position bei der »Grünen Jugend« in Dortmund, seit 2019 geht er mit »Fridays for Future« auf die Straße. Dabei sei der Feminismus ein sehr wichtiges Thema – und der liefere aus Frodos Sicht einen guten Grund dafür, von Arten der Verhütung abzuweichen, die, in seinen Worten, die Frau belasten (ein weiterer Grund sei der Klimawandel, aber das nur am Rande).

Das muss man erstmal sacken lassen. Frodo hat so viel Respekt vor Frauen, dass er ihnen die Belastung der Verhütung abnimmt. Welch zeitgemäße Form, eine Lanze für die Ritterlichkeit zu brechen. Und immer, wenn man denkt, es kann nicht schlimmer kommen, kommt es schlimmer. Zur Begründung seines Lanzenbruchs lasse ich Frodo selber zu Wort kommen, hier der O-Ton aus dem Artikel: »Es stellt mich persönlich nicht zufrieden, dass sichere Verhütungsmethoden immer nur eine Sache der Frau – hier verbessert sich der 23-Jährige – immer nur eine Sache von Menschen ohne Penis sind.«

Bitte, wie? »Menschen ohne Penis«? Er meint Frauen. Jene wunderbaren, herrlichen, anbetungswürdigen und angebeteten Wesen. Göttliche Frauen und Frauen, die zu feiern es sich lohnt. Von den Amazonen, über die Walküren, die Fylgien und die Nornen, die Nymphen, die Musen, Demeter (nein, Frodo, nicht der Bio-Markt) und Persephone zu Jeanne d'Arc, Eva Perón, Simone de Beauvoir, Coco Chanel, Jane Goodall und Dian Fossey, Hildegard von Bingen, Virginia Woolf, Amelia Earhart, Patricia Highsmith und meine über alles geliebte Mary Oliver. Was ist denn bei dem kleinen Frodo schiefgelaufen, dass er nicht mal das Wort »Frau« über die Lippen bringt? Und mit was für Menschen ohne Penis hatte er es denn bei der »Grünen Jugend« und »Fridays for Future« zu tun, die ihn nach diesem Menschenbild erzogen und verbogen haben? Und was, bitte, haben die für ein Menschenbild? Ich sehe Uniformen vor meinem geistigen Auge. Graue Uniformen. Darin stecken Menschen mit und ohne Penis. Weitere Unterscheidungen sind weder gewollt noch erwünscht. Und so wird Dummsprech zu Neusprech.

Sie kennen Neusprech noch aus Orwells *1984*. Die Sprache wird verknappt und verkürzt, damit die Gedanken der Menschen sich verknappen und verkürzen. Die Menschen merken noch, dass irgendetwas nicht stimmt, aber es fehlen ihnen – buchstäblich – die Worte, um auszudrücken, was das Unbehagen verursacht. Ein Machtinstrument des ›großen Bruders‹ – wer die Sprache kontrolliert, kontrolliert die Gedanken. Was als erschreckend, bedrückend, besorgniserregend, totalitär, erschütternd (Journalistensprech, bei denen ist alles »erschütternd« oder »unerträglich«), dramatisch, unerfreulich (für die gemäßigte Emotion) oder verstörend empfunden werden kann. Den häufigsten Kommentar, den Sie allerdings zu diesem Thema hören werden, wenn Sie ihn mit einem jüngeren Menschen erörtern, wird »krass« sein. Universell einsetzbar und auch universell gebraucht. Neusprech.

Der intelligentere, aber dafür umso infamere Bruder des Neusprechs ist das Wording. Ergebnis einer Mesalliance zwischen Fremdverantwortung und Political Correctness. So ist ein Täter mit Migrationshintergrund regelmäßig »ein Mann«. Extremisten aus dem linken Lager sind »Aktivisten«, »folgen Aufrufen« und »zeigen Gesicht«, wenn sie als »breites Bündnis« »Zeichen gegen Hass« setzen. Das rechte Lager besteht aus »Faschisten« oder »Neonazis«, »marschiert auf«, »brüllt Parolen« und »hetzt«. Ich habe noch nie über einen Rechten gehört, er sei ein Aktivist oder irgendwo über »linke Hetze« gelesen. Letztlich treibt das Wording dann so extreme Blüten, wie in einem Bericht der *Zeit* über den überraschenden Rücktritt Ralf Höckers. Dem Sprecher der WerteUnion wurde nach eigenen Angaben »auf denkbar krasse Weise klar gemacht, dass ich mein politisches Engagement sofort beenden muss, wenn ich keine ›Konsequenzen‹ befürchten will«. Da Höcker nicht nur für sich die Verantwortung trug, sondern auch für seine schwangere Frau, wollte er das Risiko offenbar nicht eingehen.

Nun könnte man in einem Bericht über einen solchen Vorgang die Frage stellen, wie es möglich ist, dass mitten in Deutschland Politiker durch Morddrohungen aus dem Amt gedrängt werden. Die *Zeit* allerdings relativierte und wies darauf hin, dass viele Funktionäre, Abgeordnete und auch Bürgermeister Drohungen erhalten.[38] Als sei hinzunehmen, dass die Bedrohung eine Nebenfolge des Amtes ist. Und diese Drohungen, so konnte ich dem Artikel entnehmen, seien teils »rechtsextrem motiviert«. Und »AfD-Politiker und ihre Büros seien ebenfalls oft Ziel von Drohungen und Sachbeschädigungen«. Die dann ja wohl »linksextrem motiviert« sein dürften. Pustekuchen – es dürfte wohl mehrere Redaktionssitzungen benötigt haben, bei denen verzweifelte Schreiberlinge die Köpfe gegen die Wand schlugen und verzweifelt »nein, nein, nicht ›linksextrem‹« in die Taschentücher heulten bis jemand einen Geisteskurzschluss hatte und elegant formulierte: »Häufig ermittelt die Polizei dann im politisch linken Milieu von Rechtsextremismusgegnern.»

Bitte betrachten Sie diesen Text als einen von einer schreibenden Aktivistin aus dem Lager der Linksextremismusgegner stammend. Bevor mir hier noch jemand mit »Rechtspopulismus« ankommt. Auch ich kann Wording.

Wenn Sprachkontrolle nicht ausreicht, muss Gedankenkontrolle her. Gedankenkontrolle mittels Sprachkontrolle nennt man ›Framing‹. Framing fand schon immer statt – jetzt hat es einen Namen. Was die Sache nicht besser, sondern schlimmer macht. Um den Mechanismus zu wissen und ihm trotzdem nicht entgegenzutreten – das ist schon erbärmlich.

In der politischen Auseinandersetzung hat das Framing längst die Diskussion abgelöst. Die AfD, die als einzige in der Parteienlandschaft offiziell den Gegenkurs zur Willkommenskultur der Kanzlerin eingeschlagen hat, wird seit ihrer Gründung mit Begriffen wie »Nazi-Partei« und »Faschisten-Partei« belegt. Zu der Verwendung dieser Begriffe hatte ich bereits geschrieben. Was an dieser Stelle ergänzt werden muss, ist die Tatsache, dass es funktioniert. Für viele Menschen ist die AfD eingebettet in den Kontext von menschenverachtendem Rassismus, Antisemitismus und der Erschaffung eines totalitären Regimes. Und das ist so abschreckend, dass man sich nicht einmal gedanklich mit »denen« befassen möchte.

Dasselbe Prinzip wird in der Diskussion um den Klimawandel und darüber, wie viel vom Klimawandel vom Menschen beeinflusst werden kann, angewandt. Ganz abgesehen davon, dass nicht wenige Wissenschaftler die globale Erwärmung als naturgegeben betrachten – Eiszeiten definieren sich dadurch, dass die Pole vereist sind und jede Eiszeit wurde bisher von einer Warmzeit abgelöst (nur ist die Parole »Warmzeit verhindern« nicht wirklich griffig) – und weitere Wissenschaftler überhaupt keine signifikante Erwärmung feststellen können, ist es schlicht Idiotie auf hohem Niveau anzunehmen, dass ein Land wie Deutschland, global betrachtet, irgendetwas ausrichten kann. Und mit der von der Politik so häufig beschworenen »Vorbildfunktion« verhält es sich doch nüchtern betrachtet so, dass diese wiederum nur in den Hirnen größenwahnsinniger Kinderbuchautoren existiert. Oder glaubt Herr Habeck wirklich, dass eines Tages Xi Jinping und Donald Trump so beeindruckt sind vom »German Way«, dass sie ebenfalls mit Verve ihre Wirtschaft an die Wand fahren, um die Warmzeit zu verhindern? Zuzutrauen wäre es ihm. Ich stelle fest, dass angesichts der Tatsache, dass die Erde ein geschlossenes System ist und CO_2-Emissionen zur Handelsware verkommen sind, »Fridays for Future« hüpfen können, bis sie schwarz werden – außer einem bemerkenswerten Bildungsdefizit und Gestalten wie Frodo wird nichts dabei herauskommen.

In einem ernsthaften Argumentations- und Meinungsaustausch könnte man die eben skizzierten Gedanken wohl auch schlecht widerlegen – also greift man zu einer Kombination aus Neusprech und Framing und nennt alle, die sich dem grünen Szenario des drohenden Weltunterganges nicht anschließen mögen »Klimaleugner«. Da schwingt so schön der »Holocaustleugner« mit, also jemand, der qua Definition historische Fakten entgegen jeder Vernunft verneint. Folglich auch jemand, mit dem man sich nicht weiter beschäftigen muss; bei dem es schlicht verschwendete Zeit ist, seinen wirren Ausführungen auch nur eine Sekunde lang zuzuhören.

Beim Klimaleugner handelt es sich aber gewiss nicht um jemanden, der das Klima leugnet. Es gibt Äquatorialklima und atlantisches Klima, arktisches, tropisches und subtropisches Klima, Hochgebirgsklima und gemäßigtes Klima, kurz: bestimmte geografische Gebiete zeigen einen mehr oder weniger typischen jährlichen Ablauf der Witterungen. Zeigen Sie mir bitte jemanden, der das leugnet. So ein Quatsch. Aber der »Deutschland-wird-den-zerstörerischen-globalen-Klimawandel-im-Alleingang-retten-Leugner« geht etwas holperig von der Zunge. Dann lieber »Klimaleugner«. Merke: Neusprech muss weder sinnvoll, noch richtig sein. Diffamieren muss es. Mehr nicht.

Kommen wir zum Superstar des Framings: »Islamophobie«. Alles, was gegen den Islam ist, ist »islamophob«. Für differenzierte Abstufungen ist kein Raum, wie bei jedem pawlowschen Reflex keine Abstufungen vorgesehen sind. Wenn – dann. Dafür oder dagegen. Glocke – Speichel.

Nun gut – wenn das so ist, dann werde ich mich in diesem Rahmen bewegen. Dagegen. Ich bin dagegen. Ich lehne alles ab, was islamischen Ursprungs ist. Übrigens auch alles, was islamistischem Ursprungs ist.

Wie auch den 1979 von Ayatollah Chomeini während der Revolution geschaffenen politischen Kampfbegriff »islamophob«, den er benutzte, um seine Kritiker im Westen mundtot zu machen.[39]

Ein Grund meiner Ablehnung war 16 Jahre alt und hieß Atefah. Atefah Sahaaleh.[40] Eine 16-Jährige, öffentlich an einem Kran erhängt. Ihr Verbrechen war »unkeusches Verhalten«. 2004 war es, im Iran. Beweise gab es nicht, nur eine nicht unterschriebene Behauptung. Atefah selber musste den Beweis liefern und sie lieferte ihn. Gestand unter der Folter (2004 und Folter einer 16-Jährigen; ich kann es nicht fassen), vergewaltigt worden zu sein. Und auf Sex außerhalb der Ehe steht laut Scharia nun mal die Todesstrafe. Eigentlich hatte der Iran sich völkerrechtlich verpflichtet, keine Todesstrafe an Minderjährigen zu vollstrecken. Also wurde Atefah von ihrem Richter in Augenschein genommen und für 22 Jahre alt erklärt. Die eingereichte Geburtsurkunde wurde nicht zur Kenntnis genommen, die Beiordnung eines Pflichtverteidigers verweigert und der Richter, der sie zum Tod durch den Strang verurteilte, ließ es sich nicht nehmen, das Urteil selber zu vollstrecken. Und falls Sie sich – wie ich auch – fragen, warum ein Kran zur Exekution benutzt wird und kein Galgen: Es dauert länger. Am Galgen bricht das Genick meist schon während des Falls, was die Person quasi fast sofort tötet. Am Kran wird der Mensch langsam am Genick hochgezogen, bis er über dem Boden hängt. Und der Todeskampf zieht sich hin – bis zu 20 Minuten.

Im Namen der Scharia werden Menschen ausgepeitscht, gesteinigt und Hände, Köpfe und Beine abgeschlagen. Auch mal die Augen ausgestochen.[41] Immer öffentlich. Der Mob fällt über einen aus seiner Mitte her und der Todeskampf soll sich hinziehen. Steinigungen, die über vier Stunden dauern, sind nicht ungewöhnlich. Die Steine dürfen nicht so groß sein, dass ein zufälliger Treffer das Leiden beendet – und nicht so klein, dass sie keine Wunden reißen. Auspeitschungen zu 1000 Schlägen werden sukzessiv durchgeführt.[42] Eine Hinrichtung auf Raten. Niemand würde diese Tortur überleben. Also quält man sie wieder und wieder. Wie muss es sein, mit zerfetztem Fleisch darauf zu warten, dass die Wunden sich schließen, um das Fleisch erneut zerfetzt zu bekommen? Was für Menschen sind das, die begeistert den Schlächtern zujubeln im Namen eines Gottes?

Und wie soll eine »Kultur« mich bereichern, die Mädchen als Jungen verkleidet heranwachsen lässt, um der Schande zu entgehen, dass die Mutter keine Söhne geboren hat? Eine Kultur, die Homosexualität unter Erwachsenen verdammt (und mit Auspeitschungen bestraft), aber kleine Jungen als Mädchen verkleidet vor dem sexuellen Missbrauch für ihre Peiniger tanzen lässt?[43] Erwartet man tatsächlich von mir, dass ich mit einem Achselzucken darüber hinweggehe? Nein –

schlimmer. Viel schlimmer. Es wird erwartet, dass ich die kulturellen Eigenheiten meiner neuen »Mitbürger« akzeptiere. Ich denke nicht daran.

Was einem so verderbten Boden entwächst, wird niemals rein sein. Kommen Sie mir jetzt nicht mit gemäßigt – ich habe noch niemals die Behauptung gehört, es gäbe gemäßigte Antisemiten oder gemäßigte Faschisten oder gemäßigte Nationalsozialisten. Wer im Zusammenhang mit dem Islam die Mäßigung beschwört, hat nichts begriffen. Und – bin ich islamophob? Keineswegs. Phobien betreffen definitionsgemäß instinktive Abneigungen oder übertriebene Ängste. Weder habe ich Angst, noch ist meine Ablehnung instinktiv. Die Angst, so wird unterstellt, resultiere aus der Fremdheit des Islam. Und der Deutsche habe ja an sich immer mal wieder Schwierigkeiten mit dem »Fremden«. Und zudem – so schwingt es in dem Vorwurf mit – ist der Deutsche zu dumm zu erkennen, dass Fremde nur Freunde sind, die man noch nicht kennengelernt hat.

Nun, so dumm bin ich gar nicht. Es gibt frei zugängliche Quellen, in denen man die künftigen Freunde schon mal ein wenig besser zu verstehen lernt. Und nein – ich meine nicht solche, die von Rechtspopulisten betrieben werden. Ich informiere mich bei »Islam Fatwa«[44]. Frage den Imam. Wen auch sonst. Weder Claudia Roth, noch Jacob Augstein oder gar Mutti Merkel dürften über ausreichende Kenntnisse des

Korans verfügen, um die durchaus kniffligen Fragen beantworten zu können.

Was Dr. Sommer dem orientierungslosen Pubertierenden war, ist »Islam Fatwa« den – wohl meistens in der Diaspora – um Orientierung ringenden Muslimen. Und ähnlich wie die Fragen an Dr. Sommer mich vor 45 Jahren zu ebenso ungebremsten wie unangebrachten Heiterkeitsausbrüchen verleiteten, verleiten mich nun die Fragen an »Islam Fatwa« zu dem tiefen Bedürfnis, einige (nicht wenige) Menschen so lange zu schütteln, bis sich ein wenig Restverstand in ihren hohlen Köpfen gesammelt hat. Wenigsten würde ich sie gerne zwingen, den Ratschlag an den Ehemann einer ungehorsamen Frau, er solle die Gattin »ermahnen, im Ehebett meiden und sie in einer leicht disziplinarischen Art und Weise, aber nicht aus Rache« schlagen, 100 Mal abzuschreiben. Ebenso wie den Hinweis an die Beschneiderin, nur »einen geringfügigen Teil der Klitoris an der vorderen Vulva zu entfernen«, denn der Prophet sagt: »Reduziere es nur geringfügig und überschreite nicht die Grenze, denn das ist besser für ihre Gesundheit und begehrenswerter für den Ehemann.« Nicht Frau Roth? Das hätten Sie nicht gewusst. Abschreiben! 100 Mal. Und dabei über Schmerzen nachdenken.

Da ist es schon fast gemäßigt zu nennen, wenn Muslime ermahnt werden, an christlichen Feiertagen ihre neuen Freunde eher zu meiden. Die Rechtsauskunft gleich mehrerer Gelehrter zu dieser Frage ist eindeutig: »Es ist dem Muslim nicht erlaubt, die Speisen zu essen, welche die Juden, Christen und Götzendiener für ihre Feste machen. Noch ist es für einen Muslim zulässig, Dinge, die ihm anlässlich ihrer Feste gegeben werden, zu akzeptieren.« Und warum dies so ist, wird auch gleich noch erklärt: »Dies würde bedeuten, sie zu ehren (!) und die Zusammenarbeit mit ihnen bezüglich ihrer Symbole zu manifestieren sowie die Verbreitung ihrer Erneuerungen und das Teilen ihres Glücks an den Tagen ihrer Feste.«

Die Teilnahme der Kuffār* an öffentlichen Großveranstaltungen der Muslime – wie zum Fastenbrechen – ist hingegen durchaus erwünscht. Ich nehme an, aus den vorerwähnten Gründen. Und wird seitens der Kuffār auch heftig beworben. In meiner schönen Heimatstadt lädt heute die Evangelisch-Lutherische Gemeinde Veddel zusammen mit »NEW HAMBURG« und der Islamischen Gemeinde zu einem großen Fastenbrechen ein.[45] Natürlich mit dem Hinweis, »Respekt« zu zeigen und keinen Alkohol mitzubringen.

Mutti Merkel fasst es unnachahmlich in ihrem Grußwort zum Ramadan 2020 zusammen: »Zugleich steht das abendliche Fastenbrechen auch immer für die Be-

* Kuffār: Im Islam die Bezeichnung für die Ungläubigen. Keineswegs wertfrei zu verstehen.

gegnung mit Menschen anderer Religionen, ein wichtiges Zeichen, das unseren Zusammenhalt und unsere Zusammengehörigkeit als Gesellschaft in besonderer Weise zum Ausdruck bringt.« Ich habe den Eindruck, sie hat da etwas nicht richtig verstanden. Ich stelle anheim, bei »Islam Fatwa« nachzulesen.

Ich wundere mich keineswegs, dass den Deutschen seitens des Islam so viel Verachtung entgegengebracht wird. Ich würde die auch verachten. Jene, die in selbstgefällig ignoranter Toleranz Grundrechte als Scharia-Gewährleistungsrechte auslegen. Jene, die sich immer wieder moralisch erpressen lassen, den Erpressern eine Vorzugsbehandlung zu gewähren. Jene, die ständig die »friedliche Mehrheit« beschwören. Tatsächlich ist festzustellen, dass, wenn das große Schlachten beginnt, die friedliche Mehrheit daneben steht und blöd in die Gegend glotzt. Das haben sie immer getan – in Deutschland wie in China, in Japan, in Serbien, in Algerien, in Nigeria und in Ruanda. Insofern ist die friedliche Mehrheit völlig irrelevant, wenn es um die Beurteilung eines Konfliktpotentials geht.

Die Mehrheit wird in einem anderen Zusammenhang interessant: wenn die Unterwerfung beginnt. Wie bei der blonden, deutschen Leiterin einer Grundschule in Mainz, die sich kürzlich im öffentlich-rechtlichen *Morgenmagazin,* kurz und liebevoll *MOMA* genannt, in einem weißen Shirt mit der Aufschrift *Hidaya* präsentierte.[46] »Hidaya« bedeutet »Führung durch den Koran«. Damit die, bei denen sie sich dergestalt anbiederte, es auch lesen können, stand es in arabischen Schriftzeichen gleich noch darunter.

Falls Sie sich fragen, ob dieses Shirt im Bericht thematisiert wurde: Nein. Wurde es nicht. Es wurde überhaupt nichts mit einem auch noch so entfernten Bezug zum Islam thematisiert. Wenn ich mir allerdings vorstelle, dass sich ein deutscher Schulleiter in einem Shirt mit dem Aufdruck »Führung« (womöglich noch in gotischen Lettern) im *MOMA* präsentieren würde, so gäbe es nicht nur Klärungsbedarf, sondern gleich noch einen Shitstorm im Internet, Leitartikel über die rechte Gefahr an Schulen und ein Disziplinarverfahren. Mindestens.

Gedankenpolizei (individuell)

Emancipate yourselves from
mental slavery.
Bob Marley

Nun – trotz allem Neusprech, Dummsprech und Framing gibt es immer noch Menschen, die sich die Freiheit einer eigenen Meinung jenseits vorgefertigter Worthülsen erlauben möchten. Was für die Bestrebungen des Staates, seine Schäfchen auf Linie zu halten, ärgerlich sein kann. Als probates Mittel bietet sich an, Informationen vorzuenthalten. Falls Sie der Meinung sind, es sei nur meinem kleinen verschrobenem Hirn entsprungen, Journalisten zu unterstellen, sie würden keine objektive Berichterstattung betreiben – keineswegs. Christoph Lemmer, der u. a. für die *Welt,* den *Tagesspiegel* und die *Berliner Morgenpost* schrieb und für die dpa vom Münchner NSU-Prozess berichtete, ist gewiss politisch unverdächtig. Was mich wundert – eigentlich müsste er für sein Freidenkertum längst nazifiziert worden sein. Eben jener Christoph Lemmer schreibt in bemerkenswerter

Offenheit:[47] » Man sieht es täglich bei Berichterstattung über Gewalt. Der deutsche Journalismus hat sich über die Jahre in eine masochistische Berufsethik hineingesteigert. Die bringt gut gemeinten, aber in Wahrheit abstoßend zynischen Relativismus hervor. Parolenhaftes Denken: Dieses oder jenes können wir nicht berichten, das würde ja den Rechten Vorschub leisten. Das fällt wörtlich so in Diskussionen in Redaktionen: Vorschub leisten. Welcher normal denkende Mensch redet so?« Als Beispiel führt er sodann die eben nicht stattgefundene Berichterstattung über eine tödliche Messerattacke, verübt von einem somalischen Flüchtling an einem Arzt in Offenburg im August 2018, an. Die Berichterstattung über diese Tat, so entschied der damalige *Tagesschau*-Chef Kai Gniffke, sei »bundesweit nicht relevant« und komme daher auch nicht in der *Tagesschau* vor. Natürlich ging es nicht um die bundesweite Relevanz, sondern darum, ob die Berichterstattung den Rechten Vorschub leisten würde. Herr Gniffke befürchtete wohl so etwas und dann berichtete er lieber nicht.

Drei Jahre bevor Kai Gniffke sich zum Retter des unbefleckten Denkens aufschwang, als sich das helle Deutschland 2015 in seiner ganzen Pracht zeigte, räumte er vor Branchenkollegen ein, dass das in der ARD vermittelte Flüchtlingsbild wohl nicht so ganz die Wahrheit abbildete.[48] »Wenn Kameraleute Flüchtlinge filmen, suchen sie sich Familien mit kleinen

Kindern und großen Kulleraugen aus« ließ Kai das staunende Publikum wissen; Tatsache aber sei, dass »80 Prozent der Flüchtlinge junge, kräftig gebaute, alleinstehende Männer sind«. Diese Erkenntnis war bei informierten Kreisen natürlich bereits durchgesickert, weshalb jene informierten Kreise, wenn sie denn diese Erkenntnis öffentlich machten, umgehend von Gniffke und Konsorten als »Rechtspopulisten« beschimpft wurden. Das verstehe wer will. Oben erwähnter Christoph Lemmer fasst es wie folgt zusammen: »Die Zentrale des journalistischen Bullshit ist die *Tagesschau*«. Chapeau, Herr Lemmer.

In den letzten fünf Jahren nach dem unbemerkten Gniffke-Gate und der Spaltung Deutschlands in Nazis und Doppelplusgutmenschen hat sich die Erkenntnis, dass Bilder und Texte nicht ohne Intention geschrieben, ausgesucht und veröffentlich werden, in weiten Kreisen der Bevölkerung durchgesetzt – die im Übrigen von dieser Erkenntnis keineswegs verunsichert, sondern eher ziemlich angefressen waren – und unter dem griffigen Slogan »Lügenpresse« gebündelt. Ein klarer Fall für die Gedankenpolizei. »Lügenpresse« ist Rechts, »Lügenpresse« ist Pegida und AfD und nach neusten Studien sind die Wähler der AfD die Dümmsten im Land (mit einem IQ unter 100) und diejenigen, die Links wählen, die intelligentesten (mit IQ um die 120). So wird es in den Qualitätsmedien verbreitet. Framing at its best. Wann immer jetzt ein gegniffketes Hirn den Begriff »Lügenpresse« hört, zuckt es zusammen. »Dumm« kreischt das Hirn. »AfD, Pegida, Nazis, Faschisten.« Und vor dem ganzen Gekreische verliert man ja den eigenen Gedanken – worum ging es noch? Ach ja, der kleine Junge in seinen kleinen Hosen, der nie ein Mann werden wird. Der tot am Strand lag – dort, wo die anderen, die glücklichen, Urlaub machten. Dicke Frauen im Bikini, fettglänzend von Sonnenmilch und Schweiß auf bunten Handtüchern und zwischen ihnen ein kleiner toter Junge. Bilder brennen sich ins Hirn und werden auf die geschlossenen Lider projiziert; das gesprochene Wort zieht einem Nebelschleier gleich vorbei. Wobei es zweifelhaft bleibt, ob das Wort überhaupt den Weg vom Ohr zum Hirn schafft. Aber Bilder – es gibt Bilder, nach deren Betrachtung die Welt eine andere geworden ist. Ich bin mir sicher, dass kaum jemand weiß, wer Phan Thi Kim Phuc ist – aber jeder kennt ihr Bild. Das Bild des kleinen Mädchens, das nackt und verbrannt um ihr Leben rannte und zum Symbol des Horrors des Vietnam-Krieges wurde.

Die Wirkung solcher Bilder ist viel mehr als nur die Betrachtung eines Bildes: es entsteht eine no-think-area. Die pawlowsche Glocke ›Vietnam-Krieg‹ ist nun untrennbar mit dem Leid von Phan Thi Kim Phuc verknüpft. Wobei Sie mir Recht geben werden, dass dies gewiss nicht das ganze Bild ist – nur kann das Bild als Ganzes nicht mehr wahrgenommen werden.

Das Hirn ist nicht mehr frei zu denken; alles außerhalb dieses Bildes ist eine no-think-area. Eine gniffkische Hirnverletzung.

Folge dieser schwarzen Löcher in der Denkstruktur ist dann, dass sich zutiefst emotional erschütterte Menschen versammeln und unter dem Motto ›Heimathafen Hamburg‹ alle retten wollen. Und wenn man ihnen entgegenhält, dass die zu Rettenden keine kleinen Kinder sind, sondern zu 80 Prozent junge, kräftig gebaute, alleinstehende Männer, dann schreien sie einem mit überschnappender Stimme entgegen: »Aber sie STERBEN!« Wenn man Pech hat, ist noch Speichelflug dabei.

Leonardo da Vinci wird der Ausspruch zugeschrieben, »der Mensch, ein Augenwesen, braucht das Bild«. Einige Bilder habe ich seit Ewigkeiten nicht mehr gesehen. Die, auf denen winzigen Kindern mit bleistiftdünnen Ärmchen Fliegen in den Augenwinkeln herumkrabbeln. Ich nehme nicht an, dass es die verhungernden Kinder nicht mehr gibt – nur die Bilder gibt es nicht mehr. Wie soll man sie auch alle retten?

Eine Zensur findet nicht statt

The weapon of their choosing
Is censorship and war.
Rancid

Eine Möglichkeit der gefilterten Information zu entkommen ist das Internet. Facebook, YouTube oder Twitter. Da entscheiden keine Redaktionen, was gepostet wird, sondern Reaktionen. Nicht umsonst nennt man es »soziale« Medien. Interaktion ist gefordert. Häufig mit der Folge, dass der Inhalt zum Vehikel der Selbstdarstellung verkommt. Die Auswüchse sind bizarr. Die Verlockung, vermeintlich skandalöses Wissen zu verbreiten, unwiderstehlich. Skurrile Ergüsse von Menschen, die in der virtuellen Welt ihre *15 seconds of fame* zu verwirklichen suchen, werden mit fünf bis zehn roten Ausrufezeichen geteilt (den Geltungssüchtigen des Internets ist der übermäßige Gebrauch von Satzzeichen, was dem Gangsta-Rapper die anale Phase) und Widerspruch ist nicht nur zwecklos, sondern wird umgehend mit wüsten persönlichen Beschimpfungen und Beleidigungen gekontert.

Zu Zeiten, als soziale Interaktion noch in Teestuben, auf Sofas vom Sperrmüll oder in Universitäten stattfand, waren die Reaktionen vielfältig. Von »lässt sich hören« über »so hatte ich das aber nicht verstanden, was der Klaus da gerade gesagt hat« bis zu »Hmmmm«. Im Vordergrund stand, was man den anderen mitteilen wollte, nicht ihre mutmaßliche Reaktion darauf. In den sozialen Medien scheint es mir umgekehrt: Im Vordergrund steht die erwartete Reaktion und deren gewünschte Bandbreite ist beschränkt auf das Spektrum von Zustimmung bis Begeisterung und es muss noch nicht einmal die Sprache bemüht werden. Vorgefertigte Symbole stehen in ausreichender Anzahl zur Verfügung. Früher nannte man eine solche Erwartungshaltung »Gefallsucht« und es wurde als ernste psychische Störung betrachtet. Heute äußert sich die Gefallsucht in »Followers« und die kann man sogar kaufen. Ich bin geneigt, den Kauf von Followers wie auch das Sammeln von »Freunden« ebenfalls als ernsthafte psychische Störung zu betrachten, bin mir aber noch nicht sicher, ob ich die Konklusion ertragen könnte.

Jedenfalls ist – vermutlich begründet durch die Gefallsucht – das Meinungsspektrum einzelner Personen nicht unbedingt breit gefächert; es wird auf Bewährtes gebaut, die Zustimmungen sind sicher und alles ist gut.

Was daran tatsächlich gut ist, ist die schlichte Vielzahl von Akteuren und damit auch der unendliche Zustrom an Informationen. Einige wahr, andere unwahr, dritte bizarr und dann noch die sowohl-als-auch. Erfreulicherweise wurde dem Besucher sozialer Netzwerke überlassen, auszusuchen, welche Informationen er verwerfen, vertiefen oder schlicht wertneutral zur Kenntnis nehmen wollte. Zunächst …

Relativ schnell wurde irgendjemandem bewusst, dass wilder freier Meinungsaustausch zu wilden freien Ideen führen könnte und die dringend erforderlichen Gehirnwaschungen letztlich nicht mehr zu bewältigen seien. Ein Filtermedium musste her. Sozusagen eine Hyper-Redaktion. Ein höheres Wesen, das gütig, aber streng und mit untadeliger Moral und allwissend sortiert, was den Menschen zugemutet werden kann und was nicht. Welche Vorschübe geduldet werden und welche im Keim zu ersticken sind. Gott wäre ein idealer Kandidat für den Job gewesen, aber der hatte zum einen keine Lust und wies zum anderen – etwas verschnupft – auf seine Schöpfung hin, die den Menschen Artikel 5 des Grundgesetzes gegeben hatte. Auch das noch.

Ich stelle mir vor, wie der irgendjemand darüber gebrütet hat, diesen lästigen Blödsinn zu umgehen. »Jeder hat das Recht, sich aus allgemein zugänglichen Quellen ungehindert zu unterrichten«. Das klingt ja zunächst überhaupt nicht gut. Andererseits – Gesetze müssen ja nicht immer wörtlich verstanden werden. Und wenn das Wörtliche nicht ausreicht, kann man zur teleologischen Auslegung greifen. Sinn und Zweck der Vorschrift – oh nein, bloß nicht. Historisch – historisch ist gut. Die Gründungsväter des Grundgesetzes hatten doch nicht den Hauch einer Ahnung, dass es mal so etwas wie Internet oder Facebook geben könnte. Die hatten sich bei »allgemein zugängliche Quellen« so etwas wie Bibliotheken oder Tageszeitungen vorgestellt. Also gefilterte Informationen; entweder durch Verlage und Lektoren oder – Halleluja – Redaktionen. Sehr zufrieden mit seinen werthaltigen Gedanken zu Artikel 5 ging unser irgendjemand zu Bett.

Nur um 3.00 Uhr nachts schweißgebadet aufzuwachen. Ganz am Ende dieses Textes stand doch noch etwas von »Zensur«. Barfuß und nur mit der Pyjamahose bekleidet tapst unser irgendwer zum Schreibtisch und blättert mit zitternden Fingern im Grundgesetz. Tatsächlich – da steht es: »Eine Zensur findet nicht statt«. Schwer lässt sich unser irgendwer auf den Stuhl sinken. Stützt den Kopf in die Hände. Grübelt. Greift zum Nachschlagewerk *Demokratie für Dummies*. Und während er liest, erhellt sich sein Gesicht und ein breites Grinsen stellt sich ein. Grundrechte, so liest er da, seien traditionell Abwehrrechte gegen den Staat. Womit – nochmal Halleluja – einer privaten Zensur nichts im Wege steht.

Selten hat jemand so gut geschlafen, wie unser irgendjemand in dieser Nacht.

Der dieser Nacht entspringende Zensor nennt sich CORRECTIV* – Recherchen für die Gesellschaft gemeinnützige GmbH, wurde von der Brost-Stiftung mit drei Millionen Euro Anschubfinanzierung ausgestattet und steht – wen wundert es – der Amadeu Antonio Stiftung nahe, die ihrerseits ebenfalls als gemeinnützig anerkannt ist. Wie man eine gemeinnützige GmbH betreiben kann, können Sie jetzt selbst recherchieren. Es geht. Ein gemeinnütziger Zensor – Verzeihung: »Faktenchecker« – mit beschränkter Haftung. Irre.

Ich habe mit den Überrechercheuren von CORRECTIV (immer, wenn ich diesen Namen lese, habe ich ein ältliches Fräulein vor Augen, die mit geradezu hämischer Freude »falsch!« mit dem Rotstift an einen Text kritzelt, weil ihr der Gedanke nicht gefällt) Ende Januar 2020 Bekanntschaft gemacht. Ich hatte einen Text über ein neuartiges Virus, das gerade in China viral ging, mit einem ebenso viral gehenden YouTube-Video auf Facebook geteilt. Umgehend war das Video nicht mehr zu sehen und es erschien eine einem Stempel nachempfundene Grafik: »CORRECTIV. Fakten-

* Ja, die schreiben sich in Großbuchstaben. Wobei jeder, der in sozialen Netzwerken unterwegs ist, weiß, dass die durchgehende Verwendung von Großbuchstaben eindeutiges Zeichen eines kranken Geistes ist.

prüfung. Teilweise falsch«. Ich durfte dann, nachdem ich demütig eingesehen hatte, Fake News zu verbreiten (schließlich bin ich kein Gniffke und darf nicht alles, was der Gniffke darf) einen Button drücken, mit dem ich todesmutig einwilligte, mir das Video »trotzdem« anzusehen. Was ich tat. Und – nennen Sie mich masochistisch, aber um eine Annäherung an die Wahrheit zu wagen, wage ich so ziemlich alles – danach las ich mir sogar noch durch, was CORRECTIV zu bemängeln hatte. Und das war viel. Daher greife ich hier nur die Perlen des journalistischen Faktenchecks heraus:

»Pandemie«*

Der Begriff »Pandemie« sei **»übertrieben«**, da bislang kein »internationaler Gesundheitsnotstand« ausgerufen wurde. Die Behauptung, das neue Coronavirus sei eine mutierte Form des SARS-Virus und viel gefährlicher als SARS sei unbelegt und laut chinesischer Regierung sagen »Experten«, es sei »weniger tödlich«.

»Inkubationszeit«

»Im Video wird behauptet, die Inkubationszeit für das Virus betrage 14 Tage und es müsse kein Fieber

* Fettdruck im Original; Unterstreichungen durch die Autorin.

auftreten. Das mache das Virus besonders gefährlich, weil eine Infektion spät erkannt werde. **Das ist größtenteils falsch.** Die Inkubationszeit kann viel kürzer als 14 Tage sein. Außerdem scheint Fieber fast immer aufzutreten.«

»Handlungsempfehlungen – öffentliche Plätze meiden?«

»Im ›Odysseus‹-Video gibt der Sprecher verschiedene Handlungsempfehlungen. Er sagt zum Beispiel, man sollte Menschenansammlungen vermeiden. Alle Menschen, die aus Asien einreisen würden, könnten potenzielle Überträger sein. Diese Empfehlungen werden durch die des Auswärtigen Amts und der WHO so nicht bestätigt. Sie empfehlen vor allem,

- gut auf Hygiene sowie Husten- und Niesetikette zu achten,
- Kontakt mit Personen zu vermeiden, die an Atemwegserkrankungen leiden,
- Märkte zu vermeiden, auf denen tote Tiere verkauft werden,
- Kontakt mit wilden Tieren zu vermeiden,
- bei Fieber, Husten oder Atemschwierigkeiten einen Arzt aufzusuchen.

Das Robert-Koch-Institut schätzt die Möglichkeit einer Ausbreitung in Deutschland derzeit als gering ein, weist aber darauf hin, dass einzelne Fälle auftreten können.«

»Unsere Bewertung:
Teilweise falsch. Das »Odysseus«-Video verbreitet unbelegte, irreführende und teils falsche Behauptungen zum Ausbruch des Coronavirus.«

Und dann kam noch ein Spendenaufruf.

Mal abgesehen davon, dass schlicht eine Meinung gegen eine andere gestellt wurde, ist jetzt – Stand März 2020 – festzustellen, dass CORRECTIV in dem zentralen Punkt, der die jetzt durchaus vorhandene Pandemie erst möglich gemacht hat, genau die Informationen unterdrückte, die richtig waren. Ein Faktenchecker, der Fake News verbreitet. Es passt sowohl in die Zeit wie auch ins Bild. Insbesondere die Gemeinnützigkeit.

Gedankenpolizei (kollektiv)

> A crack in the sky and a hand
> reaching down to me.
> David Bowie

Gegen CORRECTIV hilft nur Kollektiv. Dankenswerterweise hatten es sich einige Personen zur Aufgabe gemacht, genau jene Informationen zu liefern, die von Redaktionsstandards oder gemeinunnützen Gesinnungswächtern vorenthalten werden, um keinen Vorschub zu leisten.

Zwei, die mit Wonne Vorschub leisten, sind Martin Sellner und Tommy Robinson. Der Martin in Österreich, Tommy in England. Beide sind nun so weit rechts, dass sie bei einem weiteren Millimeter nach rechts auf der anderen Seite bei der Antifa wieder rauskommen würden. Beiden ist gemein, dass sie weder aus ihren Herzen noch Hirnen eine Mördergrube machen und fröhlich in die Welt posaunen, was nicht gehört werden soll.

Martin Sellner kreuzte von Zeit zu Zeit meinen Weg, weil immer mal wieder ein YouTube-Video gepostet wurde, das ich mir dann angesehen habe. Ich war nicht immer seiner Meinung und manchmal auch entschieden anderer Ansicht – doch sein Mut nötigte mir Respekt ab. Auch in Österreich gibt es eine Antifa und in Zeiten, wo Menschen sich schon bei harmlosen, doch nicht ganz brainstream-gemäßen Äußerungen fast einnässen, dass es jemand hören könnte, war der Martin recht erfrischend in seiner offenen Diktion.

Tommy Robinson (bürgerlich Stephen Christopher Yaxley-Lennon) – nun: Engländer. Außer Rand und Band, wie es sich gehört, wenn man aus dem Land kommt, das die Hooligans erfunden hat. Bei ihm ist auch eine sehr direkte Art der Meinungsäußerung festzustellen. Allerdings bin ich noch nie auf die Idee gekommen, ihm für seinen Mut Respekt zu zollen – zu sehr überwiegt mein Eindruck, dass er den Nebeneffekt seines politischen Engagements in Form einer anständigen Schlägerei durchaus zu schätzen weiß. Ich mag mich irren.

Weshalb ich diese beiden erwähne, liegt an Facebook. Momentan wohl eines der größten sozialen Netzwerke und Facebook hat nicht nur seine kleinen Helferlein – wie CORRECTIV – Facebook greift auch selber ein, wenn etwas gepostet wird, was nicht dem ›Gemeinschaftsstandard‹ entspricht.

Kürzlich machte ein Freund den Selbstversuch, ein Gerücht zu verifizieren, dass das bloße Nennen von Namen bereits zu einer Facebook-Sperre führen konnte. Er postete »Martin Sellner, Tommy Robinson«. Ohne jeden Kontext. Ob er die nun gut findet oder schlecht, ob er weitere Informationen suchte oder schlicht der Meinung war, dass man sich über solche Menschen mal unterhalten sollte, blieb völlig offen. Dafür wurde er umgehend gesperrt. Vorher hatte ein noch einen Screenshot seines Posts gemacht und ich habe den in meiner kindlichen Spielfreude natürlich auch sofort weitergeleitet.

Keine zehn Sekunden später war ich ebenfalls gesperrt. Wegen »Verstoßes gegen den Gemeinschaftsstandard«.

In der Präambel zum Gemeinschaftsstandard bekennt sich Facebook zu dem Ziel, »einen Ort zu schaffen, an dem Menschen sich und ihre Meinung frei ausdrücken können«. Das fand ich generell lobenswert und bezogen auf meinen Einzelfall verwirrend. Und fragte mich, ob es an meiner nicht geäußerten Meinung zu Sellner und Robinson lag, dass ich so in Ungnade gefallen war. Offenbar nicht, denn, »um Schaden in der Offline-Welt zu verhindern, erlauben wir auf Facebook keine Präsenz für Organisationen oder Personen, die Gewalt befürworten oder ausüben. Dazu gehören Organisationen oder Personen, die sich an Folgendem beteiligen: terroristische Handlungen, organisierte Verbreitung von Hass, Massenmord (einschließlich Mordversuche) oder Mehrfachmord, Menschenhandel, organisierte Gewalt oder kriminelle Handlungen.

Wir entfernen auch Inhalte, die Gruppen, Anführer oder Personen unterstützen oder verherrlichen, die an derartigen Handlungen beteiligt sind.«

Nach dem Ausschlussverfahren muss es die »organisierte Verbreitung von Hass« sein, die Sellner und Robinson vorgeworfen wird. Von allen anderen Delikten wüsste ich jetzt nichts. Wobei ich mich frage, wer auf die Idee gekommen ist, Massenmord und die Verbreitung von Hass auf eine Stufe zu stellen. Und auf welcher Grundlage. Was ist denn »Hass«? Massenmord ist klar, man kann es am Ableben der Person festmachen – aber wie verbreite ich Hass? Der Spielraum dürfte enorm sein, was man darunter verstehen will (und was nicht). Oder – nennen wir es doch beim Namen – es ist schlichte Willkür. »Hass« ist, wenn Facebook das sagt. Als ein Post der Antifa viral ging, in dem sich der praktische Hinweis fand, dass angesichts eines Engpasses an Waffen und scharfer Munition auch die Leuchtpistole, sofern unmittelbar an den Kopf des Rechten angesetzt, erfreulich tödliche Wirkung entfaltet, sah Facebook keinen Anlass, einzuschreiten. Wahrscheinlich wird unterstellt, die kaltblütige Tötung des Bösen durch das Gute sei nicht unter »Hass« zu subsumieren. Festzuhalten ist, dass Facebook Gedanken bewertet und selektiert. Und sofern jemand häufig genug Gedanken geäußert hat, die selektiert wurden, wird die Selektion auf die Person ausgedehnt.

Und wieder fühle ich mich an Orwell erinnert, an die Gedankenverbrechen und die Unpersonen. Die kongeniale Anfangsszene des Films, deren Perfidie im Hinblick auf totalitäre Sozialisation ein Meisterstück ist. Der Feind des Systems darf vor einer ungeheuren Zuschauermenge auf der großen Leinwand sprechen. Er führt seine freie Rede; appelliert an die Menschen, sich ihre Gedanken nicht nehmen zu lassen. Er verkündet die Wahrheit, über den Krieg, den es nicht gibt, über die Partei, über den großen Bruder. Und die Menschenmenge? Ist so konditioniert, dass sie kollektiv in Irrsinn ausbricht. Schreit, schimpft, spuckt; immer wieder stehen einzelne auf – und dann immer mehr – die das Zeichen des großen Bruders (die Arme werden mit aneinandergelegten Knöcheln über den Kopf gehalten (so dass die Hände ein × bilden) und rhythmisch nach vorne bewegt) und einige wenige, die zunächst noch sitzenbleiben und sich umschauen, wagen es nicht, noch länger sitzen zu bleiben. Und reihen sich in die schäumende Beschimpfung ein. Von den Worten des Sprechers auf der Leinwand ist nichts mehr zu verstehen – die tobende Menge macht es unmöglich. Und schützt sich auf dem einzigen Weg, auf dem man sich in einem totalitären System schützen kann: nicht zu wissen. Gedankenverbrechen kann nur begehen, wer verbotene Gedanken kennt.

Was ist der Ursprung der visionären Kraft früherer Science-Fiction-Autoren? Ein tief im Unterbewusstsein vorhandenes Wissen um die Funktionsweise des Menschen? Oder schlicht ihre Gabe, Dinge vorauszusehen?

Zum ersten Mal fiel es mir auf, als ich im Supermarkt eine weiße Dose sah, auf der stand: »ja! Bier.« Es muss in den frühen 80er Jahren gewesen sein. Ich stand minutenlang davor und starrte sie an. Ich hatte schon mal Verpackungen ohne Markenbezeichnung gesehen, aber nur im Film. Alex holt in *Clockwork Orange*[49] eine solche Dose aus dem Kühlschrank und mein Hirn ratterte zum Anblick der Dose: *trostloser Wohnblock, gelangweilte Gewalt, Droogs, Korova Milchbar, Moloko plus, Vergewaltigung, Tod, singing in the rain, der gute alte Ludwig van …* und Alex sardonisches Grinsen, als er feststellt, von der Heilung geheilt zu sein. Ich stand mitten im Supermarkt in meiner Welt, die sich unbemerkt zu einem Teil der Welt aus *Clockwork Orange* verwandelt hatte. Ich weiß nicht, ob die Idee der weißen Dose von Burgess (Buch) oder Kubrick (Film) stammt – aber sie hat es in die Wirklichkeit geschafft. Sind Ideen Samen, die wie bei der Anemochorie durch Zeit und Raum reisen, um ein anderes Hirn zu besiedeln? Trifft Burgess (oder Kubrick) Schuld an der weißen Dose? Im Sinn der Quantenphysik? Oder sind Ideen als Keime im kollektiven (Unter-)Bewusstsein angesiedelt und es ist nur eine Frage der Zeit, wann und wo sie ihr Köpfchen durch die Krume bohren?

Wie auch immer – Visionen treten in die Wirklichkeit. Auch wenn sie einem Albtraum entspringen. Orwells Albtraum realisiert sich gerade peu à peu. Sellner und Robinson sind Unpersonen; was sie äußern, Gedankenverbrechen. Und da Unpersonen aus dem öffentlichen Bewusstsein getilgt werden müssen, wird alleine die Nennung ihrer Namen bestraft.

Nun gut, Herr Zuckerberg schickte mir nicht seine Schergen auf den Hals. Ich wurde auch nicht gefoltert, bis ich stammelte, dass ich den Großen Zuckerberg liebe. Und ich wurde auch nicht im Sinn einer ultimativen Bestrafung getötet, nachdem ich meine erfolterte Liebe eingestanden und sogar gefühlt hatte. Ich wurde lediglich ausgesperrt – zumindest für die nächsten 30 Tage wird die Community vor meinen Gedankenverbrechen geschützt sein. (So der Plan. Wobei der Große Zuckerberg nicht auf der Rechnung hatte, dass mehr als ein Weg ins Internet führt. Insofern verringerte sich seine Sperre faktisch auf 30 Minuten.) Allerdings – sollte so etwas sich wiederholen, so wurde ich vom Großen Zuckerberg gewarnt – wird mein gesamter Account gelöscht. Und zwar unwiderruflich. Dann bin auch ich eine Unperson. Zwar nur virtuell, doch zu Zeiten, in denen soziale Interaktion virtuell stattfindet, werde ich für meine virtuellen Freunde einfach verschwinden. Und nach kurzer Zeit werden sie sich nicht einmal mehr daran erinnern, dass es mich mal gab. Ein Anfang ist gemacht.

Und dieser Anfang wird fortgeführt. In der ganz realen Welt nennt sich die Gedankenkontrolle »NetzDG« oder ausgeschrieben »Netzwerkdurchsetzungsgesetz« oder in der Langfassung »Gesetz zur Verbesserung der Rechtsdurchsetzung in sozialen Netzwerken«. Das gibt es schon länger. Bisher wurden die Netzbetreiber verpflichtet, für die Hass-Befreiten Zonen ihrer Plattformen zu sorgen. Und darüber Berichte abzuliefern. Diese Lösung war nicht ganz befriedigend, da man feststellen musste, dass ein gewisser Missbrauch zu beobachten war. Wie zum Beispiel eine konzertierte Aktion, missbilligte Inhalte des politischen Gegners als »HateSpeech« zu melden – hatte ich vergessen zu erwähnen, dass das System auf Denunziantentum beruht? Worauf sonst? – obgleich bei näherer Betrachtung von »Hass« keine Rede sein konnte.

Zudem wurde immer öfter ein sogenanntes Overblocking beobachtet. Inhalte wurden »vorsorglich« gesperrt, obgleich sie sich bei qualifizierter Prüfung nicht einmal in der Nähe offensichtlicher Rechtswidrigkeit befanden. Quasi eine gniffkische Hirnverletzung im Mikrokosmos des World Wide Web.

Nun könnte man die Ansicht vertreten, dass vor diesem Hintergrund das NetzDG ungefähr so sinnhaft ist, wie die EU-Verordnung 97 / 2010, (Pizza habe rund, mit einem Durchmesser von maximal 35 Zentimetern und einer Höhe von 0,4 Zentimetern in der Mitte und ein bis zwei Zentimetern am Teigrand zu sein, eine Toleranz von zehn Prozent ist zulässig), nur schädlicher. Erstaunlicherweise sah der Gesetzgeber Handlungsbedarf. Und verschärfte sinnigerweise das zum Missbrauch einladende NetzDG noch ein wenig mehr. Was auch sonst. Die Plattformbetreiber müssen nicht mehr nur die Inhalte löschen, sondern Meldung über die gelöschten Inhalte erstatten. Beim BKA. Inklusive IP-Adressen, Portnummern und Passwörtern der User. Damit im Ernstfall die Justiz auch strafen kann. Löschung ohne Strafe wäre im Kampf gegen Hass auch ein wenig kurz gegriffen. Ist ja allgemein bekannt – wer Hass predigt, wird bestraft. Außer die Predigt findet nicht virtuell, sondern im realen Leben statt. In Moscheen zum Beispiel. Dann beschränkt sich die Reaktion auf eine Beobachtung durch den Verfassungsschutz. Wahrscheinlich sogar eine strenge Beobachtung. Gleichheit vor dem Gesetz ist wichtig.

Im Hinblick auf das Gesetz ist dann wiederum die Akzeptanz wichtig. Da steht es ein wenig auf der Kippe mit der NetzDG-Novelle. Kritische Stimmen murmeln etwas von »verfassungswidrig«. Ein Overblocking der Meinungsfreiheit. Ja, könnte was dran sein.

Im Fazit erinnert mich das NetzDG an den gefräßigen Plapperkäfer von Traal. Zum Verrücktwerden dämlich. Nur weil ein Gedanke auf Facebook gelöscht ist, ist er noch lange nicht verschwunden. Der Ansatz müsste ein anderer sein – ein ganz anderer.

Interessante Zeiten

When people run in circles
it's a very, very mad world.
Gary Jules

Es geht das Gerücht, dass ein Chinese, der einem ein freundliches »mögest du in interessanten Zeiten leben« mit auf den Weg gibt, es nicht unbedingt gut mit einem meint. Nun, die Zeiten sind gerade interessant und das hat tatsächlich etwas mit Chinesen zu tun. Zufälle gibt's.

Diese interessante Zeit findet ausgerechnet noch im zweiten Durchgang der wilden 20er Jahre statt. Nun war ich beim ersten Durchgang nicht dabei, aber meine Oma war es. Und zwischen dem Einrollen der Kohlrouladen und dem Kochen der Roten Grütze, brachte sie mir in ihrer kleinen Küche bei, Charleston zu tanzen. Wenn wir beide dann außer Atem waren und sie den Rhabarber putze und ich die Erdbeeren, erzählte sie mir von dieser Zeit. Davon, wie sie, bevor sie zum Tanzen ging, sich mit einem abgebrannten

Streichholz die Augenbrauen schwärzte. Von ihrem gut versteckten Lippenstift. Von der wilden Flucht vor meiner Uroma, wenn die sie zufällig mit schwarzen Brauen und roten Lippen erwischte (dann sperrte meine Oma sich in der Etagentoilette im Treppenhaus ein, bis es ihrer Mutter zu blöd wurde, die abgeschlossene Tür zu beschimpfen). Davon, wie sie sich mit klopfendem Herzen die Treppe hinunter- und Stunden später wieder hinaufschlich. Und – egal wie spät es war – hinter der Haustür mit einem bösen Schlag ins Gesicht empfangen wurde. Erst Jahre später, in einer furchtbaren Nacht voller Schmerz und Angst, konnte meine Oma ihrer Mutter vergeben. Und verstand, dass es nur die Sorge der Mutter war, ihre eigene Tochter könne dasselbe Schicksal erleiden wie sie selbst. Als Frau alleine mit einem Kind überleben zu müssen. Es war ein elendes Leben. Auf kurze, wilde Nächte folgten armselige Tage. Kalt war es, weil sie keine Kohlen zum Heizen hatten und hungrig waren sie. Lebensmittel kosteten Milliarden von Reichsmark. Und weil das Geld nichts mehr wert war, war auch die Arbeitskraft nichts mehr wert.

Wer bis dahin noch reich gewesen war, konnte auf dem Schwarzmarkt den Familienschmuck gegen Eier und Schmalz tauschen. Oder gegen Kohlen. Perlen wurden geschluckt und Diamanten verfeuert; alles, was dem Leben üblicherweise Sicherheit gibt, zerfiel den Menschen in den Händen. Und wo nichts mehr etwas wert war, waren es auch die Werte nicht mehr. Vielleicht war es folgerichtig, dass die nervöse Reizbarkeit der Wilhelminischen Ära sich in Kokain und wilde Tänze weiterentwickelte. Wild war an der ersten Hälfte der wilden 20er in erster Linie die Verzweiflung.

In der zweiten Hälfte wandten sich die wirtschaftlichen Verhältnisse langsam (sehr langsam und auch nur für wenige) zum Besseren. Eine kulturelle Avantgarde nahm den freien Raum, den der Wertezusammenbruch hinterlassen hatte, immer mehr in Anspruch. Ich meine, es gab keine vergleichbare Zeit – weder in Deutschland, noch in der Welt – die einen solchen Ausbruch an Kreativität und Tabubrüchen (im besten Sinn) hervorgebracht hat. In allen Bereichen. Musik, Literatur, Malerei und Theater wurden von Menschen geprägt, die neue Ausdrucksformen suchten und neue Ausdrucksmöglichkeiten fanden. Für Kunst und Kultur waren es tatsächlich »Goldene Jahre«. Bis am Ende der Epoche der politische Kampf in der Kunst ausgetragen wurde. Mit der Machtübernahme der Nationalsozialisten fand die kulturelle Vielfalt dann ihr Ende. Die wilden, goldenen 20er Jahre waren vorbei.

Insofern war mir etwas blümerant zumute, als 2019 auf 2020 sprang. Hatte man etwas gelernt aus der Zeit von 1920 bis 1930? Oder sind wir verdammt, Geschichte zu wiederholen?

Idealerweise würde ich gerne Teilbereiche der Geschichte wiederholen. Den wilden, goldenen Teil. Ohne das soziale Elend. Der gepflegte Exzess; die Kunst, die nicht Markt ist und die Kultur, die kein Betrieb ist, kommt mir momentan tatsächlich ein wenig zu kurz. Die wilde Freude. Freiheit kann ich persönlich nur in wilder Freude spüren. Zufriedenheit ist still und Glück tritt in vielen Gewändern auf – aber Freiheit braucht die wilde Freude. Um die steht es schlecht in Deutschland – die Epoche scheint mir prickelnd wie Feinripp-Unterhosen mit Eingriff. Wo früher die Elterngeneration den Nachwuchs mit moralinsaurem Vortrag penetrierte, ist es nun umgekehrt. Die Jugend trägt schwer an ihrer Bürde, die Generationen vor ihr in die Schranken zu weisen. Das gegenseitige Reglementieren ist zum Volkssport verkommen und politische Anfeindungen werden in Kunst und Kultur ausgetragen. Die Situation ist ausbaufähig.

Oder war ausbaufähig. Zwischenzeitlich – und hier kommen die eingangs erwähnten Chinesen ins Spiel – ist die Situation noch um einen Aspekt ergänzt worden, der meiner ersehnten wilden Freude einen zusätzlichen Dämpfer verpasst. Gute hundert Jahre nach der letzten Pandemie kam es zu einer Neuauflage. Was abzusehen war. Dennoch kam es überraschend – so vieles, was abzusehen ist, überrascht die Menschen, wenn es dann eintritt.

Vor hundert Jahren machte die junge Republik ihre ersten wackeligen Schritte. Die Voraussetzungen waren nicht optimal – der verlorene Krieg, die Reparationszahlungen und die gerade überstandene Pandemie ließen die Weimarer Republik nicht gerade mit einem goldenen Löffel im Mund zur Welt kommen. Insofern hatten meine Oma und die Republik ein gemeinsames Problem: Geld. Anders als meine Oma war die Republik allerdings in der Lage, ihr eigenes Geld zu drucken. Was prinzipiell wie eine gute Maßnahme erscheint, wenn man sich mit einer beklemmenden Schuldenlast konfrontiert sieht. Nun bin ich kein Ökonom, dennoch leuchtet mir als Grundwissen ein, dass gedrucktem Geld tatsächliche Werte zu Grunde liegen sollten. Sonst ist es nur bedrucktes Papier und der Beginn einer Hyperinflation nimmt seinen Lauf. Eine Abwärtsspirale aus Armut, die die Menschen immer weiter verarmen lässt, je mehr Geld in den Umlauf gebracht wird. Teuflisch.

Vielleicht, aber nur vielleicht, wäre die Weimarer Republik zu retten gewesen. Wenn die Retter sich einig gewesen wären. Waren sie aber nicht. Im Reichstag tummelten sich über die Jahre zwischen elf und siebzehn Parteien und waren sich größtenteils spinnefeind. In vierzehn Jahren gab es zwanzig Kabinettswechsel und elf Minderheitenkabinette waren von der Duldung durch Parteien abhängig, die nicht zur Regierungskoalition gehörten. Unter diesen Bedingungen betrachte ich es als eine erstaunliche Leistung, tatsächlich eine Währungsreform hinzubekommen. Wobei meine Anerkennung ein wenig durch die Tatsache geschmälert wird, dass die Währungsreform wohl nur durch die freundliche Unterstützung der Alliierten zur Erfolgsgeschichte wurde. Nicht ganz selbstlos; nur einem wirtschaftlich funktionierendem Deutschland konnten die Reparationszahlungen abverlangt werden.

Und dann kam der schwarze Freitag. Oder genauer gesagt, die schwarzen Tage.

Was genau die Panik an jenem 24. Oktober 1929 auslöste, ist bis heute nicht geklärt. Die Ursache, wie es dazu kommen konnte, ist hingegen ziemlich gut zu erklären. Dummheit und Gier. Man lebte in einer Wahrnehmung von einem ewigen Wohlstand. Es konnte nur eine Richtung geben, in die die Wirtschaft sich bewegen würde: Aufwärts und immer weiter aufwärts. Aktien versprachen märchenhafte Gewinne und Groß- wie Kleinanleger wollten partizipieren. Und so wurden nicht selten hohe Kredite aufgenommen in der Hoffnung, sowohl locker die Kredite zurückzahlen zu können als auch noch einen ansehnlichen Gewinn einzustreichen. Die Hoffnung war trügerisch – wie Hoffnung das manchmal so an sich hat – und ab Mitte Oktober stagnierte plötzlich der Aktienkurs. Nun gut – es gab Stimmen, die vorher prognostiziert hatten, dass die Vorstellung von einer Wirtschaftslage, die immer nur weiter wachsen wird, eventuell ein klein wenig naiv wäre, doch Dummheit auf dem Höhenflug der Gier lässt sie sich ungern die Laune verderben.

Dem stagnierenden Aktienkurs war es egal, wem er die Laune verhagelte und den hoffnungsvollen Anlegern dämmerte, dass sie nicht nur keinen Gewinn einstreichen würden, sondern auch nicht in der Lage wären, ihre Kredite zurückzuzahlen. So etwas nennt man bankrott und es hebt auch nicht die Laune. Also versuchte man zu retten, was zu retten war und verkaufte mit Verlusten. Was nun eigentlich nicht Sinn der Sache war, aber Panik ist nun mal kein guter Ratgeber. In den folgenden Tagen ging die Panik viral und am darauffolgenden Dienstag versuchten alle Anleger gleichzeitig, ihre Aktien noch irgendwie loszuwerden. Die Kurse gingen in den Sturzflug und dann war es vorbei. Die Illusion vom ewigen Wohlstand krachte mit 180 Sachen gegen die Wand und die Weltwirtschaftskrise zeigte den ewigen Wohlstandsträumern, wo der Hammer hängt. Die gerade im Aufbau befindlichen Sozialsysteme brachen zusammen und der sich selbst bekämpfende Reichstag hatte offenbar keine freien Kapazitäten, sich um das Land zu kümmern. Und wieder hungerten die Menschen. Nicht zum letzten Mal.

Wie heißt es so schön: In 100 Jahren ist alles vorbei. Und so sitze ich behaglich in 2020 und träume den Traum vom ewigen Wohlstand. Die Wirtschaft

– nicht nur in Deutschland – leidet gerade ein wenig. Wir hatten und haben es mit einer Pandemie zu tun, doch die Kanzlerin hat eine Maskenpflicht für den öffentlichen Raum erlassen, die uns schützen wird. Bis ein Medikament oder Impfstoff gefunden ist. Die Parteienlandschaft ist übersichtlich und alle eint, dass sie nur einer einzigen anderen Partei spinnefeind gegenüber stehen. Dafür aber so spinnefeind, dass sie ihr die Berechtigung, an Wahlen teilzunehmen, absprechen.

Die Bevölkerung der Republik ist allerdings in viele Lager gespalten und die sind sich alle untereinander spinnefeind. Linke gegen Rechte, Corona-Leugner gegen Pandemie-Gläubige, Multikulti gegen deutsche Leitkultur, Verschwörungstheoretiker gegen Regierungsfans. Sollte sich dieses Stimmungsbild irgendwann mal im Parlament abbilden, dürfte es interessant werden.

Doch wer wir auch sind und was wir auch glauben – wir sind in der komfortablen Lage, uns in Wohlstand gegenseitig an die Gurgel zu gehen. Momentan allerdings gestaltet sich die Erhaltung des Wohlstandes etwas kostenintensiv. Milliardenpakete sind auf dem Weg. Investitionen in die »Zukunftsbranchen« der E-Autos und Windkrafträder sollen den Wohlstand auch künftig sichern. Gleichzeitig sind jene, deren Wohlstand ausschließlich staatlicherseits gesichert wird, durch Kurzarbeit und Arbeitslosigkeit nicht weniger geworden. Ich meine, die Sozialsysteme noch nicht krachen zu hören, aber es ächzt.

Geld wird gebraucht – viel Geld. Man denkt über Schuldengemeinschaften nach. Oder fordert sie direkt ein. In Artikel 125 des Vertrags über die Arbeitsweise der Europäischen Union ist ausdrücklich normiert, dass »ein Mitgliedstaat nicht für die Verbindlichkeiten [...] eines anderen Mitgliedstaats haftet und nicht für derartige Verbindlichkeiten eintritt«. Ich finde das ganz sinnvoll. Fröhlich Schulden zu machen, die ein anderer bezahlt, birgt ein gewisses Missbrauchsrisiko. Eine Abwärtsspirale aus Staatsbankrotten, die immer weitere Staaten in den Bankrott ziehen, ist nicht unwahrscheinlich. Eventuell kommt auch jemand auf die Idee, den Geldbedarf durch das Nachdrucken weiteren Geldes zu befriedigen.

Es ist mir etwas blümerant in diesen interessanten Zeiten.

Die Realität und der Verlust

Hope of deliverance from the darkness
that surrounds us.
Paul McCartney

Wann immer einen Menschen die Neigung befällt, sich mit ernsthaften und schwerwiegenden Gedanken zu befassen, stellt sich früher oder später die Frage, was ein Gedanke überhaupt ist. Ein Hirnforscher würde die Frage schlicht mit »neuronale Aktivität« beantworten. Neuronen verarbeiten Informationen in Form von elektrischen Impulsen. Eine höchst sinnige Einrichtung, um in der Welt agieren zu können. Man stolpert nicht so häufig über Hindernisse oder kann im Vorwege abschätzen, ob Flucht oder Angriff das Mittel der Wahl wäre. Oder – aufgrund einer ganz famosen neuronalen Verknüpfung – eine dritte Strategie: Totstellen und die Gefahr negieren. Man sage nicht, man kann einem alten Reptilienhirn keine neuen Tricks beibringen. Ist ständig zu beobachten.

Interessanterweise ist ein sehr großes, gut ausgebautes neuronales Netzwerk in der Lage, auch ohne

Anregung von außen anhaltende Aktivität zu zeigen. Ich würde meinen, dies sind Gedanken. Losgelöst von tatsächlichen momentanen Informationen spielt das Hirn mit vorhandenen Erkenntnissen herum; fügt sie mal in dieses, mal in jenes Muster und erfreut sich an den Bildern, die kaleidoskopisch ständig neu erblühen. Vor dem Hintergrund, dass ähnliche neuronale Muster keineswegs ähnliche Gedanken hervorbringen, ist es erstaunlich, wie einige Gedanken die Jahrhunderte überleben. Wie einige Gedanken, gleich den kollektiven Fragen, kollektive Gefühle hervorbringen. Dieses diffuse Gefühl, das dem Gedanken vorausgeht, ob es mich wirklich gibt. Hier, in dem, was ich Realität nenne. Oder träume ich nur? Oder werde ich geträumt? Shakespeare meinte, wir seien vom gleichen Stoff, aus dem die Träume sind. Descartes hält dagegen, dass der Denkvorgang die Existenz des Ichs beweise. Ich halte dagegen, dass der Denkvorgang nicht selbst generiert sein muss. Ideen könnten genauso gut Sporen aus dem All sein. Wie bei der weißen Bierdose.

Kennen Sie die Situation, eine Straße entlanggegangen und um die Ecke gebogen zu sein, und auf der inneren Leinwand kommt die verlassene Szenerie ruckelnd zum Stillstand? Als müsste sie, wie altes Blechspielzeug, wieder aufgezogen werden. Das Gefühl, irgendetwas stimmt nicht mit der Welt. Eine mögliche Erklärung, die Außenwelt sei lediglich Konstrukt, um der Innenwelt einen akzeptablen Spielplatz zu bieten, fühlt sich richtig an. Man könnte fast ein Aha-Erlebnis daraus konstruieren. Oder eine neue Religion gründen. Das kommt dabei raus, wenn man in Gefühlen denkt.

2003 veröffentlichte Nick Bostrom einen Aufsatz mit dem Titel »Are You Living in a Computer Simulation?«.[50] Bostrum stellt folgendes Gedankenspiel an (und glauben Sie mir – es ist in Ihrem Interesse, dass ich es stark verkürzt darstelle*): In weit entfernter Zukunft hat sich die Menschheit, wie wir sie kennen, selber abgewickelt. In diesem Szenario hat eine posthumane, technisch sehr weit fortgeschrittene Spezies ihren Platz eingenommen und fragt sich (eventuell anhand archäologischer Funde, die einen Hinweis auf eine gewisse untergegangene Kultur zulassen), was bei ihren Vorfahren so schrecklich schiefgelaufen ist. Und ob es anders hätte laufen können. Vielleicht aus reinem wissenschaftlichen Interesse, vielleicht aus Sentimentalität oder schlicht, um dem eigenen Untergang zu entgehen. Da Geschichte dazu neigt, sich zu wiederholen.

Insofern würde sich für unsere posthumanen Nachfahren anbieten, die technologische Weiterentwicklung eines Computers mit den entsprechenden

---

* Es würde hier schlicht den Rahmen sprengen. Doch ist das Thema eines der spannendsten, mit dem man sich beschäftigen kann. Falls Sie Zeit und Lust haben, wäre das Stichwort »Simulationshypothese«.

Daten zu programmieren und eine Simulation der Menschheitsgeschichte – oder gleich des gesamten Universums – laufen zu lassen. Um menschliches Verhalten abzubilden, müssten die computergenerierten Menschen über ein computergeneriertes Bewusstsein verfügen und würden die hypothetische Umgebung (wie auch ihr Bewusstsein) als real wahrnehmen – tatsächlich jedoch würden sie in einer simulierten Realität leben.

Berücksichtigen wir in dieser Thematik noch den *observer selection bias,* die kognitive Verzerrung, die jemanden in Beobachterposition dazu tendieren lässt, jene Umstände, die seine eigene Existenz unwahrscheinlich machen, für unwahrscheinlich zu halten, dann wird die Nummer so richtig rund.

Bostrum ist nicht allein mit seiner Idee, die Erde, wie wir sie kennen, sei nur eine Computersimulation. Diverse Science-Fiction-Autoren hatten die auch schon. Erstaunlicherweise aber auch einige durchaus ernstzunehmende Wissenschaftler. Und wie das bei Wissenschaftlern so ist – die hätten dann auch gerne einen Beweis. Wobei der Gegenbeweis, dass dieses Leben real ist, meines Erachtens auch aussteht. Denken hin oder her.

Die beiden großen Denkmodelle der theoretischen Physik, die Relativitätstheorie und die Quantentheorie, basieren auf völlig unterschiedlichen Annahmen: Die Relativitätstheorie fasst Raum und Zeit zu der kontinuierlichen Raumzeit zusammen. Feste Größe ist die Lichtgeschwindigkeit. Und relativ zum Betrachter im Raum vergeht die Zeit. Die Quantentheorie hingegen postuliert, dass alles – Materie und Energie – aus festen, sogenannten »diskreten« Werten besteht. Die namensgebende Quantelung.

Rasend attraktiv an der Quantentheorie ist für Physiker wie Philosophen die quasi schöpferische Auswirkung des Beobachters auf die beobachtete Aktion. Ebenso attraktiv ist, dass niemand sie versteht. Insofern kommt man sich nicht so blöd vor, wenn man an seine Grenzen stößt. Andererseits ist sie ein wunderbares Gedankenexperiment, um den Geist zu weiten.

Wenn also Prämisse ist, dass sich ein Objekt gleichzeitig an mehreren Orten – oder in mehreren Zuständen – befinden kann und erst durch den Beobachter festgelegt wird, welcher Ort oder Zustand das ist; warum nicht? Realität entsteht erst durch die Beobachtung – ergo existiert keine festgelegte Realität ohne Beobachter. Die Geschichte mit dem umfallenden Baum geht in eine ähnliche Richtung.

Könnte nun eine Quantelung der Raumzeit nachgewiesen werden, wären beide Theorien vereint. Die Idee war, im unendlichen Raumzeit-Konstrukt der Relativitätstheorie eine endliche Menge an Raumzeitpunkten aufzuspüren. Selbige sollten in hochenergetischen Teilchen aus mächtig weit entfernten Galaxien zu finden sein. Wurden sie aber nicht. Bis jetzt jedenfalls. Allerdings erlaube ich mir in diesem Zusammenhang die völlig aus dem Zusammenhang gerissene Bemerkung, dass Elementarteilchen über keinerlei räumliche Ausdehnung verfügen und daher als »mathematische Punkte« beschrieben werden. Um hier keine Langeweile aufkommen zu lassen.

Was hingegen nachgewiesen wurde, ist die sogenannte »Verschränkung«. Bei der Verschränkung werden zwei Teilchen eines zusammengesetzten physikalischen Systems getrennt. Und völlig egal, wie weit die Teilchen dann später voneinander entfernt sind, nehmen sie immer ohne Zeitverzögerung den Zustand des jeweils anderen Teilchens an. Ohne Ausnahme. Das Phänomen ist mehrfach nachgewiesen und treibt theoretische Physiker zur Verzweiflung. Ich betrachte das als ausgleichende Gerechtigkeit für die Verzweiflung, in die theoretische Physiker ihre Mitmenschen treiben. Einstein war so verzweifelt, dass er meinte, im Universum spuke es. Ernsthaft. »Spukhafte Fernwirkung« nannte er die Verschränkung.

Als letzte verrückte Wissenschaftler lasse ich jetzt noch jene auftreten, die sich mit der Viele-Welten-Interpretation der Quantenmechanik beschäftigen. Was unter Umständen dasselbe wie ein Multiversum ist – oder auch nicht. 2011 haben Leonard Susskind und Raphael Bousso eine Theorie vorgestellt, nach der die Viele-Welten-Interpretation der Quantenmechanik und die Theorie des Multiversums formal äquivalent sein könnten.[51] Unter bestimmten Voraussetzungen. In der Viele-Welten-Interpretation werden die Zustände nicht definiert, sondern jeder mögliche Ausgang jedes Quantenprozesses findet tatsächlich statt. In einem Universum lebe ich, in einem anderen sterbe ich und in einem dritten wurde ich nie geboren. Ergänzend wird hierzu bemerkt, dass diese vielen Welten keine räumlich voneinander getrennten Welten sind, sondern lediglich getrennte Zustände im jeweiligen Zustandsraum, die einander überlagern, aber nicht miteinander agieren können[52]. Eventuell der Ursprung jenes diffusen kollektiven Gefühls, nicht allein im Universum zu sein. Unter Umständen auch der Grund, warum einige Menschen sich ständig beobachtet fühlen. Vielleicht auch die Erklärung des Déjàvu Phänomens; eine spukhafte Fernwirkung der Erlebnisse des Alter Ego auf dem Nachbarstring.

Nach so viel irrer Physik nun die Rückbesinnung darauf, was Physik eigentlich ist: die Erforschung der Naturgesetze. Schwerkraft und so. Der Bauplan der Welt. Weshalb enthält dieser Bauplan dann die Lichtgeschwindigkeit als maximale Größe? Was soll die Verschränkung? Warum werden Zustände eventuell erst definiert, wenn sie beobachtet werden?

Um mit der letzten Frage anzufangen: Weil selbst ein Supermegarechner relativ schnell an seine Grenzen kommen würde, wenn er sämtliche Parameter unterschiedlicher Weltsimulationen permanent berechnen müsste. Insofern wäre es ein ziemlich genialer Trick, ihn nur rechnen zu lassen, was beobachtet wird. Und Einsteins spukhafter Fernwirkung haftet überhaupt nichts Mysteriöses an, wenn die verschränkten Teilchen schlicht demselben Quellcode entspringen. Der Algorithmus definiert beide immer gleich. Egal, wo sie sich befinden. Das würde jedem Programmierer einleuchten.

Letztlich: die Lichtgeschwindigkeit. Ein Supermegacomputer der mit Lichtgeschwindigkeit arbeitet, wäre schon verdammt schnell. Aber eben nicht unendlich schnell; auch der schnellste Computer hat eine limitierte Arbeitsgeschwindigkeit, die sich durch Rechenleistung per Zeiteinheit definiert. Würde ich mich nun in einer virtuellen Welt, deren Prozessoren mit Lichtgeschwindigkeit rechnen, mit Lichtgeschwindigkeit fortbewegen, müsste die Zeit stillstehen. Und wenn das in einem Computer stattfindet, ist es dann ein Naturgesetz?

Ich meine, man muss überhaupt nicht Bostrums Szenario einer posthumanen Spezies folgen, um die Idee eines Probelaufs für möglich zu halten. Auch ein kreativer Schöpfer könnte Interesse daran haben, zunächst mal zu sehen, wie sich seine Schöpfung entwickelt, bevor er alles noch mal machen muss. Ist ja auch Arbeit.

Meinem persönlichen Hang zu skurrilen Absurditäten folgend, würde ich als Grund und Ursache dieses ganzen Zitterns und Bangens, der Liebe und des Schlachtens, diesem tiefschwarzen Abgrund und des blendend hellen Jubels zwei hyperintelligente Alien-Nerds ausmachen wollen. Eventuell gleich auf unserem Nachbar-String. Ich halte es für eine überzeugende Prämisse, dass die Öde eines Sonntagnachmittags bei schlechtem Wetter eine Konstante ist, die sich durch das gesamte Multiversum zieht. Quasi ein Naturgesetz. An einem solchen Sonntagnachmittag haben meine beiden Aliens aus purer Langeweile ihr Äquivalent zu Second Life entwickelt.

Zunächst haben sie mit dem Alien-Äquivalent eines gelangweilt leeren Gesichtsausdrucks durch das Alien-Äquivalent dicker Brillengläser ihr Experiment beobachtet und an den Parametern für Intelligenz und Dummheit herumgespielt. Und empfanden es als extrem langweilig, den kleinen Avataren dabei zuzusehen, wie sie gegen Mauern liefen oder gegen Bäume fuhren. Dass die Menschheit nicht umgehend gelöscht wurde, verdankt sie lediglich dem Einfall, dem Quellcode einen Vergleich* dergestalt hinzuzufügen, dass steigende Intelligenz mit überproportionaler Religiosität und Dummheit mit überproportionalem Moralempfinden in Korrelation gesetzt wurde.

---

* Ein Vergleich ist im Aufbau eines Computerprogrammes eine Abfrage, die nach dem Prinzip der Aussagelogik funktioniert (wenn-dann). Ist ein bestimmter Wert erreicht, wird ein Ereignis ausgelöst.

Zum Abschluss programmierten sie noch eine Schleife,* in der individuelle Befindlichkeiten (wie kleine Pac-Man) kollektive Einsichtsfähigkeit vernichten. Beugten sich interessiert zum Bildschirm. Und dann haben sie herzhaft gelacht.

Je mehr man sich dieser Vorstellung nähert – vorsichtig, wie ein Hund eine unbekannte Witterung aufnimmt – desto stärker wird ihre Anziehungskraft.

Es würde so vieles erklären.

---

* Eine Schleife ist eine Abfrage, bei der ein Befehl so lange wiederholt wird, bis ein bestimmter Wert erreicht ist. Erst dann verlässt das Programm die Schleife und führt den restlichen Code aus.

Anmerkungen

1 Gottfried Benn: »Eure Etüden«, in: *Gesammelte Gedichte,* Limes Verlag, Wiesbaden 1956.

2 Gottfried Benn: Gesammelte Werke, Klett-Cotta, Stuttgart 1977.

3 de.wikipedia.org/wiki/Hinrichtungsbus

4 www.augsburger-allgemeine.de/politik/Herr-Mueller-warum-zahlt-Deutschland-Entwicklungshilfe-fuer-China-id54581741.html

5 t3n.de/news/chinas-cybersecurity-gesetz-wirkt-1215995/

6 de.wikipedia.org/wiki/Flynn-Effekt

7 www.spiegel.de/spiegel/print/d-13530460.html

8 www.boersenblatt.net/2018-01-18-artikel-der_buchmarkt_verliert_vor_allem_juengere_kaeufer-studie_des_boersenvereins.1422566.html

9 www.zeit.de/gesellschaft/schule/2019-12/pisa-studie-reaktionen-karlizcek-dihk-gew

10 www.pnn.de/brandenburg/brandenburg-personalnot-bei-der-polizei-keine-klimmzuege-standards-fuer-polizeischueler-gesenkt/21331424.html

11 www.focus.de/politik/deutschland/heil-scheuer-maas-von-der-uni-in-den-bundestag-welche-minister-noch-nie-einen-job-hatten_id_9254209.html

12 edoc.ub.uni-muenchen.de/1707/1/Hofreiter_Anton.pdf

13 Robert Habeck: *Wer wir sein könnten: Warum unsere Demokratie eine offene und vielfältige Sprache braucht,* Kiepenheuer & Witsch, Köln 2018.

14 www.gruene.de/artikel/wahl-zum-ministerpraesidenten-in-thueringen-dammbruch-fuer-die-demokratie

15 de.wikipedia.org/wiki/Faschismustheorie

16 de.wikipedia.org/wiki/Faschismus

17 books.google.de/books/about/Patriotismus.html?id=RvCZYBcjezwC&printsec=frontcover&source=kp_read_button&redir_esc=y#v=onepage&q&f=false

18 www.focus.de/politik/deutschland/tid-31300/titel-das-leben-der-anderen-angela-merkel-wo-stand-angela-merkel-in-dieser-entscheidenden-frage-_aid_994338.html

19 schreibakademie.com/das-verb-merkeln/

20 www.gutzitiert.de/zitat_autor_angela_merkel_thema_reden_zitat_27697.html

21 twitter.com/bamf_dialog/status/636138495468285952?lang=de

22 www.sueddeutsche.de/muenchen/fluechtlinge-in-muenchen-bon-bons-statt-brandsaetze-1.2636088

23 www.bundestag.de/resource/blob/563758/8285a2b6cfa0bc2538314d3a6f8b44c8/wd-3-139-18-pdf-data.pdf

24 www.wr.de/politik/tabubruch-in-thueringen-der-braune-makel-von-kemmerich-id228341589.html

25 www.bild.de/politik/inland/politik-inland/nach-wahl-in-thueringen-fdp-politiker-bundesweit-als-nazis-beschimpft-68695658.bild.html

26 Walther Ulbricht, Anfang Mai 1945, zitiert in: Wolfgang Leonhard: *Die Revolution entläßt ihre Kinder* (1955), Reclam, Leipzig 1990.

27 Hans-Jürgen Papier: *Die Warnung: Wie der Rechtsstaat ausgehöhlt wird. Deutschlands höchster Richter a.D. klagt an,* Heyne-Verlag, München 2019.

28 deximed.de/home/b/psychische-stoerungen/patienteninformationen/schizophrenie-und-psychosen/paranoide-psychose-wahnhafte-stoerung/

29 www.deutschlandfunk.de/lithium-abbau-in-suedamerika-kehrseite-der-energiewende.724.de.html?dram:article_id=447604

30 www.deutschlandfunk.de/kobaltabbau-im-kongo-der-hohe-preis-fuer-elektroautos-und.724.de.html?dram:article_id=454818

31 www.zeit.de/wirtschaft/geldanlage/2010-08/gold-guatemala-2/komplettansicht

32 www.verbraucherzentrale.nrw/en/node/11537

33 www.focus.de/auto/elektroauto/new-mobility-rohstoffe-fuer-das-elektroauto-langsame-minen-dreckige-kinderarbeit-und-die-suche-nach-alternativen_id_10659922.html

34 keith.seas.harvard.edu/files/tkg/files/climatic_impacts_of_wind_power.pdf

35 Erich Kästner, Sylvia List (Hrsg.): *Meine Mutter zu Wasser und zu Lande : Geschichten, Gedichte, Briefe,* Atrium Verlag, Hamburg 2010.

36 Harper Lee: *Wer die Nachtigall stört,* Rowohlt, Reinbek 1962.

37 ze.tt/warum-frodo-mit-23-ueber-eine-vasektomie-nachdenkt/

38 www.zeit.de/politik/deutschland/2020-02/ralf-hoecker-werteunion-drohungen-ruecktritt-afd-cdu

39 Helga Embacher, Alexandra Preitschopf, Bernadette Edtmaier: *Antisemitismus in Europa: Fallbeispiele eines globalen Phänomens im 21. Jahrhundert,* Vandenhoeck & Ruprecht, Köln 2019, S. 36.
40 de.wikipedia.org/wiki/Atefah_Sahaaleh
41 edition.cnn.com/2015/03/06/middleeast/iran-eye-for-an-eye/
42 www.deutschlandfunk.de/fall-badawi-pen-vize-feuchert-es-ist-absolute-folter.691.de.html?dram:article_id=308847
43 de.wikipedia.org/wiki/Bacha_bazi
44 islamfatwa.de/
45 schauspielhaus.de/de_DE/stuecke/new-hamburg-iftar-fastenbrechen.1126781
46 www.daserste.de/information/politik-weltgeschehen/morgenmagazin/videos/vorbereitungen-grundschule-100.html
47 www.bitterlemmer.net/medien/journalismus-sagen-was-ist/16287/
48 www.focus.de/kultur/medien/tagesschau-und-tagesthemen-ard-raeumt-falsches-fluechtlingsbild-ein_id_5001222.html
49 *A Clockwork Orange,* Regie: Stanley Kubrick, Großbritannien, USA 1971
50 Nick Bostrum: »Are you living in a computer simulation?«, in: *Philosophical Quarterly* (53 / 2003) Vol. 53, No. 211,S. 243 – 255.
51 arxiv.org/abs/1105.3796
52 de.wikipedia.org/wiki/Viele-Welten-Interpretation

Biographie

Angela Wierig wurde 1962 in Großburgwedel / Hannover geboren. Vor, während und nach dem Studium der Rechtswissenschaft arbeitete sie als Verkäuferin, Serviererin, Telefonkontakterin, Barfrau und ehrenamtlich in einer Drogenberatungsstelle. Während des NSU-Prozesses entdeckte sie ihre Lust, dem Mainstream entgegenzuschreiben und hat seitdem damit nicht wieder aufgehört. Sie lebt mit ihrem Mann und drei Hunden in Hamburg, wo die Tätigkeit als Strafverteidigerin ihr das kassandrische Schreiben weiter ermöglicht.

Bibliographie

Nazis in Sicht. Essay, Kursbuch 186, Murmann Verlag, Hamburg 2016

Nazis Inside. 401 Tage NSU-Prozess, Osburg Verlag, Hamburg 2018

»Die Diktatur der braven Menschen. Essay«, in: *Tumult* Herbst 2018 (print)

»Ostwind / Westwind. Essay«, unter www.tumult-magazine.net

»Grüsse aus der Terrorzelle. Essay«, unter www.tumult-magazine.net

»#Unteilbar. Essay«, unter www.tumult-magazine.net

»Happy New Fear. Essay«, unter www.tumult-magazine.net

Die Autorin bloggt unter www.plainbrain.de.